AF464183

INGRATITUDE
ET
RECONNAISSANCE
LILLE. — L. LEFORT
ÉDITEUR.

INGRATITUDE

ET

RECONNAISSANCE

In-12 3e série *bis*.

A LA MÊME LIBRAIRIE :

OUVRAGES DU MÊME AUTEUR.

☞ En envoyant en timbres-poste, ou en un mandat sur la poste, on recevra *franco* à domicile.

SAINTE HÉLÈNE ET SON SIÈCLE. in-12. . .	»	75
VIE DE STE JEANNE DE CHANTAL. in-18. .	»	60
L'ORPHELINE ET LA VEUVE. in-12. . .	»	60
ADHÉMAR DE BELCASTEL. in-12. . . .	1	»
ÉLISE MÉRICOURT. in-18.	»	30
FLEURS DE PÉNITENCE. in-18. . .	»	30
MISÉRICORDE ET PROVIDENCE. in-12. . .	»	60
MARIE EUSTELLE. in-18.	»	60
L'ANNÉE CONSOLANTE. in-18. . . .	»	60
AIMÉE, ou l'Ange d'une famille. in-18. . .	»	60
ESSAIS PRATIQUES. in-18.	»	30
NOUVEAUX ESSAIS PRATIQUES. in-18. . .	»	30
BRUNO ; imité de l'allemand. in-8°. . .	1	25
LES DEUX FRÈRES, ou la Réconciliation. in-18. .	»	60
SABINE ET AURÉLIE. in-18.	»	60
LUCIEN DE BELLEROCHE. in-18. . . .	»	60
L'OUVROIR. in-18.	»	60
VIE DU GÉNÉRAL DROUOT. in-18. . . .	»	30
VIE DE DANIEL O'CONNELL. in-18. . .	»	30
VIE DE M. DE CHATEAUBRIAND. in-18. . .	»	30
PÉDRO. in-12.	»	75
GEORGES, ou le Bon Emploi des richesses. in-18.	»	60

Il y eut un moment de cruelle inquiétude ; la clef ne tournait pas.

INGRATITUDE

ET

RECONNAISSANCE

PAR Mme DE GAULLE

TROISIÈME ÉDITION

La reconnaissance est la mémoire du cœur.

PARIS
RUE DES SAINTS PÈRES, 30.
LILLE
L. LEFORT, IMPRIMEUR LIBRAIRE ÉDITEUR
MDCCCLXIV

INGRATITUDE

ET

RECONNAISSANCE

LETTRE PREMIÈRE

Christine de Méran à Natalie de La Noue.

Saint-Cyr, 5 octobre 1788.

Ai-je besoin de vous dire, mon amie, ma sœur, dans quel isolement votre départ me plonge, et quel ennui je traîne après moi, durant ces longues journées qui se passent sans vous ramener à mes côtés? Vous le savez : mon amitié pour vous date de loin; elle est aussi ancienne que mon séjour dans cette maison; je vous aimai, enfant encore, quand amenée, ainsi que ma sœur, dans ce vaste monastère, moi, pauvre petite fille, à demi sauvage, n'ayant connu que le donjon à moitié ruiné qu'habitait ma famille, dans des landes du Poitou, je me trouvai si esseulée, si épouvantée, au milieu de cette tribu d'enfants espiègles et curieuses.

Vous prîtes ma défense, Natalie; encouragée par vous, je visitai la maison, je connus les religieuses et les élèves, je m'habituai au règlement, je fis quelques progrès dans mes études; je vous dois enfin tout le bonheur que j'ai goûté ici.... Mais vous êtes partie, et la maison si peuplée est devenue vide, la maison si joyeuse me semble triste, les heures si bien remplies me pèsent.... je cherche partout ma compagne et ma sœur.

En partant, vous me répétâtes ce qu'autrefois saint Elzéar, votre compatriote, écrivait à Delphine, sa femme : « Cherchez-moi dans le cœur de Notre-Seigneur, vous m'y trouverez toujours.... »

J'ai suivi votre conseil, je suis allée à la chapelle; j'ai prié Jésus, notre ami fidèle, et pour vous et pour moi; j'ai prié longtemps en offrant au Seigneur mon chagrin et mes larmes, et je me suis relevée fortifiée.

Dans cette chapelle, tout me semblait parler du néant des choses de la terre : je voyais au milieu du chœur le tombeau de notre illustre fondatrice; elle a tout réuni, fortune, gloire, beauté, prestige des grandeurs; et tout a passé; il ne demeure que le souvenir de sa vertu et de ses bonnes œuvres.

En sortant du lieu saint, où repose Mme de Maintenon, je passai près d'une salle où la tradition du couvent rapporte que la duchesse de Bourgogne [1] joua souvent.... Qu'est devenue cette princesse si aimable, si aimée, à qui était promis le plus beau trône du monde? Elle a disparu sous le double rideau de la mort et de l'oubli. Ces cloîtres, ces corridors de Saint-Cyr si silencieux aujourd'hui, ont vu la brillante cour de Louis XIV; ce vestibule, transformé en salle de théâtre, a jadis entendu les beaux vers d'*Esther*, récités

[1] Adélaïde de Savoie épousa le duc de Bourgogne, petit-fils de Louis XIV et élève de Fénelon. Amenée très-jeune en France, elle passa une partie de son adolescence à Saint-Cyr, où elle partageait les études et les jeux des élèves.

par ces jeunes filles si aimables, applaudis par ces seigneurs si braves, ces hommes d'état si profond, ces poëtes, ces savants si illustres, qui ornaient le siècle de Louis le Grand.... Quelles nobles fêtes! quels beaux délassements! Et pourtant, tant de grandeurs n'ont pu fixer le cours du temps... quelques années ont passé, et, monarque glorieux, généraux illustres, grands écrivains, jeunes filles charmantes, tout a disparu... une nouvelle cour s'est formée et a disparu comme la première....

Pourquoi tant de réflexions? me diras-tu.... Je tâche de me distraire de l'isolement de mon cœur par ce tableau de l'instabilité des choses humaines, et de me persuader que mon bonheur ne pouvait pas être durable, en voyant combien sont fragiles et passagers les plaisirs de ce monde. Je me redis : J'avais rencontré, sur le chemin de la vie, une personne en qui je trouvais sympathie, parité de vues, fraternité de cœur, de sentiment. J'aurais fait plus gaiement mon pèlerinage d'ici-bas, si j'avais pu jouir d'une compagnie si chère... mais ce n'a été qu'une apparition fugitive; cette consolation n'a été qu'un éclair, et quoique bien jeune, je me sens avertie déjà par notre séparation, que les douceurs, les joies de ce monde n'auront de réalité que là haut ; mais alors cette réalité sera permanente, éternelle. En attendant, il nous faut l'acheter par les souffrances, les larmes, les épreuves, « sachant que l'épreuve produit l'espérance. » Donc je me résigne, mais non sans éprouver combien est cruelle la solitude du cœur.

Je ne vous dis rien de Blanche : son âge et la légèreté de son humeur m'empêchent de trouver quelque consolation auprès d'elle.

Adieu, ma Natalie [1]; priez pour moi la sainte Vierge, que nous aimons toutes deux. Adieu, et à toujours,

Votre ami dévoué,

CHRISTINE DE MÉRAN.

[1] Nous n'avons pas cru devoir reproduire les lettres de Natalie, qui ne renferment que des réflexions sur celles de son amie.

LETTRE II

Saint-Cyr, 28 octobre 1788.

Vous me dites, bonne et chère Natalie, que vous attribuez la tristesse qui règne en ma dernière lettre à l'incertitude où je suis sur mon avenir, et votre fidèle amitié prend une vive part à ces inquiétudes, qui seraient bien légitimes si je n'étais pas chrétienne....

Il est vrai : filles d'un pauvre gentilhomme du Poitou, ma sœur et moi nous avons vu, à la mort de notre vénéré père, passer aux mains d'un parent éloigné le petit bien qui composait toute notre fortune, et cela par la raison que ce fief était substitué de mâle en mâle et que ce cousin était désormais le seul héritier du nom de Méran. Les ancêtres de mon père et ceux de ma mère s'étaient ruinés au service de l'Etat; obscurs soldats de la France, inconnus à Versailles et dans l'antichambre des ministres, ils avaient donné au pays leur or et leur sang, et ils ne nous ont légué qu'un nom sans tache et un héritage de beaux exemples. La naissance de ma sœur coûta la vie à ma mère; mon père, accablé de chagrins et d'infirmités précoces, causées par ses blessures, chercha en vain à nous assurer un sort, et il mourut en nous confiant au Dieu qu'il avait servi....

Je vois encore ce bon père, auprès de qui je me trouvais si heureuse : il nous donnait des leçons, se promenait souvent avec nous dans les landes incultes qui formaient la plus notable partie de la baronnie; il nous parlait du roi, sous lequel il avait combattu à Fontenoy; de la reine Marie Leckzinska, si bonne et si compatissante au peuple; de Madame Louise, qui a préféré à l'éclat du trône la bure du Carmel; du vaillant maréchal de Saxe, qu'il avait salué dans sa belle retraite de Chambord, et du bon et saint évêque d'Amiens, Mgr de la Motte, qu'il avait vu, il y a bien longtemps déjà, en allant à la guerre en Flandre.

Ce bon père tâchait de suppléer, par ses souvenirs et ses récits, à l'insuffisance de nos moyens d'instruction. La bibliothèque du castel était des plus minces; elle ne renfermait que deux ou trois volumes dépareillés de l'*Histoire des conciles*, le *Traité du jeu des échecs*, les *Mémoires de Blaise de Montluc* et ceux de *Théodore Agrippa d'Aubigné*, l'aïeul de la fondatrice de Saint-Cyr.

Les œuvres de la littérature moderne, qu'on dit si pervertie, ne parvenaient pas jusqu'à nous; nous vivions dans l'oubli du monde et dans l'ignorance de ce qui s'y passait; le produit de quelques champs et de quelques redevances suffisait à l'entretien d'une table frugale et d'une toilette plus que modeste.

Les visites du vieux curé de notre village, celles de quelques gentilshommes, de race militaire comme mon père, animaient seules notre retraite; de temps en temps, vers le soir, nous entendions frapper à la porte du manoir. La vieille servante, le jeune valet se disputaient à qui n'ouvrirait pas, car ils avaient peur; et après une longue attente, nous voyions apparaître un bon capucin, vêtu de brun, chaussé de sandales, ou un père de la Merci qui s'en venait quêter pour la rédemption des captifs. Notre cher et digne père accueillait toujours avec respect ces ambassadeurs du bon Dieu; il y avait place pour eux au foyer et à la table; les plus beaux fruits du verger, les meilleurs poissons du vivier étaient servis en leur honneur ; et au départ, Blanche venait, gracieuse et riante, offrir aux saints voyageurs l'obole de notre pauvreté.

Nous étions pauvres, il est vrai ; mais les manières, le caractère, la mâle simplicité, les nobles services de mon père relevaient notre adverse fortune et commandaient le respect des plus fiers....

Je comprenais et j'aimais mon père ; j'étais heureuse de sa bonté, orgueilleuse de ses vertus, lorsqu'il plut au Seigneur de nous enlever cette protection et cet amour.

Il tomba malade, ses blessures se rouvrirent, et, avec le calme et le courage d'un soldat chrétien, il jugea sa position. Il demanda les sacrements.... J'appris, en le voyant mourir, combien la religion est grande et douce tout à la fois. Il l'avait pratiquée toute sa vie, et grâce à elle, soutenu par les immortelles espérances qu'elle lui présentait, il s'acheminait sans crainte vers le tombeau. La venue du prêtre, l'appareil des sacrements, qui, m'a-t-on dit quelquefois, causent aux âmes indifférentes et tièdes de si cruelles angoisses, cette cérémonie auguste fut pour mon père une heure de délices.

Il reçut son Dieu, et après un long silence, il dit du ton de la plus intime confiance, et en étendant la main vers nous, qui étions à genoux près de son lit :

« Seigneur, je vous recommande ces orphelines.... soyez leur père désormais ! je vous rends et vous confie celles que vous m'avez données !... »

Il tira de son porte-feuille, placé à son chevet, une lettre qu'il remit au curé, en lui disant : « Après ma mort vous l'enverrez.... »

Notre digne père vécut encore quelques jours, partagé entre son Dieu et ses filles, et il mourut au moment où je lui lisais, dans l'Evangile selon saint Jean, la résurrection de Lazare.

Nous restions seules ; ma sœur avait douze ans, et j'en avais treize.... Une dame du voisinage nous recueillit, pendant qu'on rendait à la terre les restes vénérés de notre père, si bon, si vaillant et si pieux.

Le curé, suivant ce qu'il avait promis, envoya la lettre qui était adressée à madame la marquise d'Hélon, dame d'honneur de Madame tante du roi.

Cette dame était la sœur unique de notre père, sa beauté et sa naissance l'avaient fait rechercher en mariage par un seigneur de notre province ; ils s'étaient établis à Paris, et elle avait toujours vécu à la cour. Sa réponse, impatiemment attendue par nos protecteurs, arriva enfin : elle contenait deux brevets d'admission à Saint-Cyr, pour ma sœur et pour moi. Le curé remercia Dieu de cette faveur. On remit aux mains d'un procureur la très-petite somme qui revenait des meubles ayant appartenu à nos parents; on me confia une boîte qui renfermait la croix de Saint-Louis de mon père et sa montre qui l'avait suivi sur plus d'un champ de bataille, la bague de mariage, le chapelet et les boucles d'oreille de ma mère; puis, nous remettant aux soins de Madame l'intendante du Poitou qui faisait le voyage de Paris, on nous dit adieu.

Blanche était joyeuse de partir; moi, je regrettais mes premiers amis, la tombe de mes parents, l'église de mon village; mais je sentais que rien ne pouvait effacer de mon cœur le souvenir de mon père, de sa simplicité, de sa noble pauvreté, de sa bonté pour tous et surtout de son grand amour pour Dieu.

Nous arrivâmes à Saint-Cyr, ce refuge des filles nobles et pauvres; je t'y trouvai, Natalie, et le sentiment du bonheur rentra dans mon cœur en même temps que le sentiment de l'amitié....

Tu sais comment se sont passées ces trois dernières années: aux exercices, à l'étude, à la chapelle, à la récréation, tu ne m'as pas quittée.... Tu sais combien le caractère frivole et léger de ma sœur m'a souvent inquiétée; tu as partagé mes soucis et pris part à mes prières... je te recommande encore cette chère enfant.... Notre tante, Mme d'Hélon, n'est pas venue nous voir une seule fois depuis qu'elle nous a ouvert cet asile... les devoirs de sa place la retiennent peut-être.... Il me serait doux cependant de remercier celle à qui nous devons le bienfait de l'éducation ; Dieu seul jusqu'ici a reçu mes actions de grâces.

Au lieu de te parler de l'avenir sur lequel tu m'interroges, je suis revenue sur le passé... mais ce passé, c'est mon père, ce sont mes souvenirs de jeune âge, et je sens que les idées dont ils m'ont remplie marqueront sur toute ma vie.

Adieu, ma Natalie ; j'offre à Mme de la Noue mes humbles respects, et je t'embrasse comme je t'aime.

LETTRE III

Saint-Cyr, 10 novembre 1788.

L'avenir, quel sera-t-il ? telle est ta question, et cette question je me l'adresse souvent à moi-même. Avant deux ans, l'éducation sera terminée, les portes de Saint-Cyr ouvertes devant moi, et je rentrerai dans le monde avec le trousseau et la petite dot que la munificence d'un roi et d'une pieuse femme assignèrent aux filles des serviteurs de la patrie. Me marierai-je ? Pauvre et sans appui, je n'y dois pas penser, et d'avance je fais au Dieu bon qui règle les destinées le sacrifice des avantages que peut offrir une union bien assortie. Un autre parti se présente à mon esprit : je pourrais rester dans cette sainte maison, y prendre l'habit des Dames de Saint-Louis, et m'assurer pour la vie un sort honorable et indépendant. Cette perspective n'est pas sans attrait pour moi ; il me serait doux de rendre à d'autres jeunes filles les bienfaits que j'ai reçus; de contribuer à la perpétuité de cette œuvre, et d'aider des enfants nobles et pauvres *pour l'amour de Jésus-Christ, qui était très-noble et très-pauvre*, ainsi que parlait le généreux Vincent de Paul. Cette vocation aurait des charmes pour mon cœur; j'y verrais l'avantage d'être unie pour toujours à un Dieu que je désire uniquement aimer; mais, suivant les avis de ceux qui doivent me guider en ces matières, la volonté divine ne s'est pas assez manifestée pour que je me décide en prenant un parti irrévocable. Je vis donc au jour le jour, me fiant à la providence :

D'un cœur qui t'aime,
Mon Dieu, qui peut troubler la paix?
Il cherche en tout la volonté suprême
Et ne se cherche jamais.
Sur la terre, dans le ciel même,
Est-il d'autre bonheur que la tranquille paix
D'un cœur qui t'aime [1]?

Tu permettras à un élève de Saint-Cyr de citer les vers d'*Athalie*. Quoi qu'il en soit, je me fie à Dieu, qui sait ce qui m'est bon, qui soutient les empires et nourrit l'orphelin, et je compte, en

[1] *Athalie*, acte II. On sait qu'*Esther* et *Athalie* furent composés à la prière de Mme de Maintenon, pour les élèves de Saint-Cyr.

quittant cette sainte maison, me retirer comme pensionnaire dans quelque couvent ou abbaye, en attendant que l'éducation de Blanche soit terminée. La maison de Dieu est le seul asile qui nous soit ouvert en ce monde; je serais bien ingrate de me plaindre de mon sort.

Voilà quels sont mes projets d'avenir; ils sont, comme tu le vois, courts, incertains, bornés, et la souveraine volonté du grand Maître peut renverser ce faible échafaudage. *Amen*, j'y consens de tout mon cœur. Pour toi, ma Natalie, des parents tendres et pieux sont les interprètes des desseins de Dieu sur ton sort; tu te laisses conduire, heureuse d'aimer, heureuse d'obéir et de voir ta destinée remise entre les mains de ceux qui te chérissent le plus au monde!

Que Dieu te garde et te donne le bonheur que tu mérites!

LETTRE IV

Saint-Cyr, 24 novembre 1788.

Le marquis d'Hélon, notre oncle, vient de mourir quasi subitement. Nous ne le connaissions pas, et cependant sa mort inopinée m'a fait de la peine. Toutes les dames ont bien voulu prier pour lui et invoquer la miséricorde du Dieu devant lequel il a comparu, peut-être, hélas ! sans être preparé... O compte terrible ! moment plein de douceur pour les serviteurs fidèles qui entreront dans la récompense de leur Seigneur, et plein d'effroi pour les vains sectateurs du monde...

Je ne cesse de penser à ce pauvre oncle... Mais quoi ! madame la supérieure me fait mander à son cabinet ! j'y cours.... Je te dirai, chère Natalie, le motif de cette conférence.

—

LETTRE V

Saint-Cyr, 25 novembre 1788.

Un moment vient de changer notre sort, et c'est en tremblant que j'envisage cette nouvelle face de la destinée. Hier, j'ai fini ma lettre en te disant que madame la supérieure me faisait mander. Je me rendis à ses ordres; lorsque j'entrai dans son parloir, elle m'embrassa tendrement en me disant : « Ma chère fille, Dieu change votre sort, et je m'estime heureuse d'être la première à vous donner cette nouvelle et à vous féliciter. »

En achevant ces mots, elle me présenta une lettre ouverte ; je reconnus la signature et les armes de ma tante d'Hélon. J'étais émue, mes jambes se dérobaient sous moi, et je lus, à travers un nuage, cette lettre que je vais copier pour toi :

Paris, 23 novembre 1788.

Madame la supérieure,

« La mort inopinée du marquis d'Hélon, en
» créant autour de moi un vide affreux, a reporté
» ma pensée vers les filles de mon frère, Christine
» et Blanche de Méran, qui sont confiées à vos
» soins, et en faveur desquelles vous m'avez rendu
» jusqu'ici de si bons temoignages. Je désire les
» rapprocher de moi ; elles me tiendront lieu de
» famillè, elles jouiront de la fortune que je pos-
» sède, et elles rentreront dans les droits et les
» habitudes de leur naissance. Veuillez, Madame
» la supérieure, prévenir mes nièces sur mes
» projets, les préparer à la nouvelle carrière qui
» s'ouvre devant elles, et, dont je l'espère, elles se
» rendront dignes, aussi bien que de l'affection que
» leur porte déjà leur tante affectionnée.

» Daignez agréer, etc., etc.

» ANNE DE MÉRAN,

» marquise d'Hélon. »

La lecture de cette lettre me pénétra de surprise et de bonheur. Pour la première fois depuis la mort de mon excellent père, nous recevions un témoignage d'amitié et de bonté de la part d'une personne qui nous est unie par le sang ! Pour la première fois on se souvenait de nous pour nous protéger et nous aimer ! Je fus émue jusqu'aux larmes, et je sentis plus vivement que par le passé combien l'oubli et le délaissement sont amers.

« Vous êtes contente, ma fille? dit notre mère qui m'observait.

— Oui, ma mère, lui répondis-je, je suis contente de n'être plus seule sur la terre....

— Seule, ma fille? et Dieu ! pour qui le comptez-vous ? »

Je baissai les yeux.

« Pauvre cœur, dit-elle doucement en me caressant les cheveux, qui veut encore aimer ici-bas ! Aimez, ma fille, aimez les autres, mais que ce soit pour leur plus grand bien... Mais, ça, il faut faire avertir Blanche des grandeurs qui lui adviennent. Appelez sœur Augustine, et qu'elle aille chercher la petite. »

Blanche arriva; elle venait de courir dans la grande allée ; son teint souvent pâle semblait rosé ; ses cheveux blonds sortaient de dessous sa coiffe, ornée du ruban des *rouges*[1]; elle était fraîche comme une laitière et mignonne comme une fée.

« Ça, viens ici, ma fille, dit notre mère, et remerciez le bon Dieu, qui, pendant que vous baguenaudez au jardin, fait de vous une riche demoiselle. »

Blanche rougit encore plus fort et ouvrit de grands yeux.

« Madame votre tante vous prend toutes deux avec elle et prétend vous traiter comme ses filles.

— Ses filles! nous serons donc riches, considérées? nous irons à la cour? s'écria Blanche qui semblait prête à suffoquer.

— Riches! considérées! répliqua sévèrement notre mère, c'est possible...» Et se tournant vers la dame assistante, elle dit à demi-voix :

« L'une veut de l'amitié, l'autre des richesses, et toutes deux, dans dix ans, répéteront : *Tout est vanité!* Le Seigneur est notre partage, ma sœur, il vaut mieux...»

Elle nous congédia. Blanche sautait autour de moi comme un cabri, répétant : « Adieu, la vilaine robe brune, la coiffe et les rubans rouges... j'aurai

[1] Les différentes classes à Saint-Cyr étaient distinguées par des rubans de diverses couleurs. Mme Campan suivit cet usage à Rouen.

des robes de taffetas, des cheveux frisés, des mules de satin... je serai belle... riche... quel bonheur!..»

Pour moi, chère Natalie, plus âgée et j'ose dire plus raisonnable que cette enfant, je pensais à cette affection qui venait me chercher, à ces soins maternels dont nous allions être entourées et auxquels, d'avance, je répondais par un filial amour. Mon cœur dilaté par la tendresse demandait à s'épancher. J'allai à la chapelle, et je priai; je remerciai longtemps la Providence, soutien des orphelins, qui avait toujours mis un bien à côté du mal, une consolation auprès de l'épreuve; qui lorsque la maison de mes pères me fut fermée, m'ouvrit la maison de Dieu; qui, au sortir de ce saint asile, me prépare encore une fois une demeure amie; qui me donne une affection et un appui au moment où mon cœur sent le besoin et comprend la douceur des liens de famille et des nobles amitiés. Soyez béni, mon Dieu, vous qui êtes propice au malheur et à l'innocence; vous, Créateur des mondes, qui, lorsque la mort enlève un père, une mère, prenez leur place auprès des orphelins, qui les aimez comme la mère la plus tendre, qui les défendez comme le père le plus vigilant.... Soyez béni, et au sein de ces fortunes inattendues qui viennent chercher vos pauvres enfants, daignez les protéger, les garder, afin qu'elles soient toujours pures et agréables à vos yeux, et que toujours aussi elles vous considèrent comme leur meilleur Ami, leur Protecteur le plus assidu...

Adieu, Natalie; prie pour ton amie qui ne t'oublie jamais.

LETTRE VI

Saint-Cyr, 1er décembre 1788.

C'est demain que nous quittons cette maison chérie, à laquelle je suis attachée par tous les liens de la plus juste reconnaissance et des souvenirs les plus doux, et quelque riant que soit l'avenir, je ne sens en cet instant que les amertumes de la séparation.

Ce matin, à la messe, je me suis attendrie en regardant cette belle chapelle, ce tombeau [1] qui parle si haut de la brièveté de la vie et de l'immortalité assurée aux œuvres de la vertu; en regardant surtout les religieuses, nos mères et nos maîtresses, si imposantes sous le manteau de chœur, et en pensant que de longtemps peut-être je ne reverrais ces lieux vénérés, ces institutrices tendres et zélées

[1] Celui de Mme de Maintenon.

dont l'appui, dont les conseils me seraient chaque jour si nécessaires. J'ai parcouru la maison; j'ai dit un triste adieu aux longs cloîtres où, tant de fois, Natalie, nous nous sommes promenées le soir; au jardin, à ses ombreuses allées, dessinées par le Nôtre et baptisées par Mme de Maintenon[1]; au réfectoire, où j'ai prié devant l'*Ecce homo* que tu aimais tant, et salué encore une fois le portrait du grand roi qui a fondé cette belle maison. J'ai embrassé toutes les dames, toutes les sœurs; j'ai reçu le baiser d'adieu de nos compagnes...

Adieu donc, mes bonnes mères, si graves et si sereines, qui n'avez pas voulu de famille ici-bas, afin de mieux vous dévouer à l'ignorance, à la faiblesse, à l'abandon; adieu, bonnes et modestes sœurs, qui, dans l'humble emploi de Marthe, avez cependant trouvé la bonne part de Marie qui ne vous sera jamais ôtée! adieu, compagnes de jeux et d'études, amies que je ne retrouverai peut-être plus aux sentiers de la vie... adieu... puissions-nous, du moins, unies dans la prière ici-bas, nous rencontrer un jour dans l'heureuse éternité! adieu à tout le passé... salut à l'avenir, quel qu'il soit,

[1] Mme de Maintenon avait donné un nom aux principales allées du jardin de Saint-Cyr: l'*allée Solitaire*, l'*allée de Versailles*, etc., etc.

brillant ou sombre, doux ou pénible, salut à tout ce qui vient de la main de Dieu !...

Blanche est éperdue de joie; elle ne songe qu'aux belles robes, aux fêtes, aux assemblées, aux promenades, à tout ce qui t'attend enfin, à l'hôtel d'Hélon, chez cette tante qui veut nous traiter comme ses filles... Elle est légère de caractère et d'âge; tout changement l'amuse, toute nouveauté lui est une fête.

Je t'écrirai sous peu de jours; adieu, ma Natalie.

LETTRE VII

Paris, 6 décembre 1788.

Nous voici donc à Paris, au milieu du monde, installées dans le vaste et splendide hôtel d'Hélon.

Le 2 décembre, de bon matin, le carrosse de ma tante nous attendait à la grille de Saint-Cyr; elle nous envoyait deux de ses femmes, qui étaient chargées d'une lettre pour la supérieure de la maison. Celle-ci nous embrassa, nous donna sa bénédiction, et nous conduisit jusqu'à la clôture, où me baisant le front une dernière fois, elle me dit : « Aimez votre tante, vivez en paix avec tout le monde, mais surtout, avant tout, servez Dieu ! »

Blanche était déjà en voiture; je l'y rejoignis bien émue, et bientôt nous perdîmes de vue les murs blancs et le clocher de Saint-Cyr. Je ne pouvais m'empêcher de pleurer, et une des femmes, qui se nomme Mme Bertrand, dit d'un air grognon :

« Si mademoiselle fait aussi triste mine à Madame, Madame pourrait bien se repentir de ses bontés. La petite demoiselle, à la bonne heure, elle rit, elle est gaie, elle est aimable...»

J'avais envie de répondre à cette femme que l'amitié que j'avais pour nos bonnes mères de Saint-Cyr pouvait garantir à ma tante la reconnaissance dont me pénétraient ses bontés; mais je préférai me taire; et après un voyage rapide et silencieux, nous entrâmes dans Paris, nous traversâmes un grand nombre de rues, plus brillantes, plus animées les unes que les autres, et la voiture s'arrêtant devant une porte cochère qui s'ouvrit aussitôt, pénétra dans une grande et belle cour et nous déposa devant un perron de marbre.

Je pris Blanche par la main, et nous suivîmes Mme Bertrand, qui nous conduisit à travers de grands salons tendus de noir, jusqu'à un cabinet meublé de drap gris, et dont toutes les glaces étaient voilées.

Une femme en grand deuil était assise dans le fond... je courus vers elle, et m'inclinant, je lui baisai la main, tandis que Blanche se jetait dans ses bras. « Mes chères enfants! dit-elle avec émotion, mes chères filles, je suis heureuse de vous voir! »

Elle nous regarda avec attention, et me dit : « Christine, que vous ressemblez à votre père ! il me semble voir mon frère dans sa jeunesse... vous avez des yeux noirs et son air sérieux... Mais vous, ma Blanche, ajouta-t-elle en caressant ma sœur, il me semble que vous me ressemblez...»

En effet, Natalie, malgré les coiffes noires et l'âge de ma tante, je trouvai de la ressemblance entre sa figure blanche, rieuse et fière, et la physionomie enjouée de ma sœur.

Rien ne manqua à ce premier accueil ; ma tante, après nous avoir beaucoup caressées, nous conduisit elle-même à un joli appartement arrangé pour nous. Nous avons trouvé dans les armoires et les commodes des vêtements de deuil élégants qui ne laissent pas regretter à Blanche l'étamine brune et la coiffe de linon de Saint-Cyr ; deux femmes seront spécialement attachées à notre service, et des maîtres de toute espèce continueront notre éducation.

Ton amitié est, je le sais, désireuse de ces détails ; pour moi, je me trouve heureuse, heureuse surtout d'être aimée, protégée, de ne plus me sentir seule au monde, comme je le croyais autrefois.

Néanmoins je me recommande ardemment à tes prières, car cette nouvelle position aura des devoirs sur lesquels je veux être éclairée ; elle aura des difficultés, je désire les surmonter ; enfin, elle aura des peines, il faudra les porter ; et tout cela, je ne le saurais sans l'aide puissante de Dieu. Je te demande ton entremise auprès de lui, afin que dans cette nouvelle manifestation de la volonté divine sur mon sort, je réponde fidèlement aux desseins de la Providence.

Adieu, chère et bonne amie ; ou plutôt, au revoir...

LETTRE VIII

Paris, 8 janvier 1789.

Tu me demandes si ma bonne tante ressemble à mon père ?... mon Dieu ! bien peu. Mon père, sérieux et doux, cachait, sous une sérénité d'humeur constante, une inflexible fermeté de principes ; sa vie, toute de foi, n'était jamais livrée au capricieux courant des choses humaines ; il tenait en bride, si je puis m'exprimer ainsi, ses impressions, ses paroles, ses pensées, pour les conformer à la règle sévère du christianisme. Jamais je n'ai lu ces mots de saint Paul, *Le juste vit de la foi*, sans me représenter mon père, qui, en effet, ne vivait que par sa croyance, ne jugeait que par elle, n'agissait que par elle... Heureux, mille fois heureux d'avoir trouvé un si sûr appui au milieu des fluctuations de l'existence !

Ma tante, quoiqu'elle soit sa sœur, et même sa

sœur aînée, doit toute sa gravité aux voiles noirs et au lugubre costume des veuves, et parfois même sa gaieté naturelle s'échappe et bat des ailes sous ce sérieux d'emprunt. Elle aime le monde et ses distractions; le bruit et les fêtes sont l'atmosphère où elle respire le mieux, et toujours fêtée, applaudie, jeune pour sa beauté, plus âgée pour sa richesse, elle n'a connu de la vie que le côté souriant et doux. Te le dirai-je? parfois, en la voyant sur le déclin de l'âge, atteinte, malgré les soins de la médecine et les précautions de la fortune, par de cruelles infirmités, et toujours gaie, toujours insouciante, toujours oublieuse de l'avenir éternel, je me surprends à la plaindre, je me surprends à répéter avec la plus profonde conviction : *Bienheureux les pauvres !* bienheureux ceux qui ne sont pas endormis dans les fâcheux loisirs, dans les perfides douceurs d'une vie opulente! bienheureux ceux qui, détachés de la terre par l'infortune, ont fixé leurs regards et leurs désirs sur les espérances immortelles!

Oh! oui, je plains ma tante, car je l'aime, car elle est bonne, car je lui dois ce qui peut s'appeler le bonheur...

Je m'efforce de lui plaire et de gagner son amitié; mais je crois que Blanche y réussira mieux que moi. Sa gaieté, son amour des plaisirs plaisent à ma tante, qui se voit revivre en cette fraîche et vive jeune fille.

Cependant elle agrée mes soins, et peut-être parviendrai-je à lui faire aimer ce que moi-même je chéris le plus : Dieu et sa sainte loi.[1]

O mon père, serviteur fidèle qui, sans doute êtes entré dans la récompense du Seigneur, priez pour elle, priez pour nous !

LETTRE IX[1]

Paris, 10 juillet 1789.

Ma vie se passe doucement, et sans qu'elle soit préservée de ce terrible, *de cet inexorable ennui qui fait le fond de toute âme humaine*, et dont Bossuet parle avec une si effrayante conviction, je puis cependant l'estimer heureuse.

Je me lève matin, comme au couvent; suivie d'une des femmes de ma tante, je vais à la messe, et parfois, en sortant de l'église, nous visitons quelques pauvres, car les libéralités de ma tante me permettent d'être généreuse à mon tour. La matinée est consacrée à l'étude de l'anglais et de la harpe. A midi, nous entrons chez ma tante et nous assistons à sa toilette; elle cause avec nous, et nous témoigne toujours, à moi beaucoup de bonté, à Blanche beaucoup d'amitié.

[1] Nous supprimons beaucoup de lettres de Christine, qui ne renferment que des réflexions.

Parfois, nous sortons avec elle, pour une promenade ou des visites; au retour, nous restons au salon, assises sur nos pliants, et voyant, silencieuses, couler devant nous le flot bruyant du monde.

Mme d'Hélon a beaucoup d'amis; la cour et la ville, comme l'on dit, affluent chez elle, et à la fin de son deuil, elle-même retournera dans ce monde qu'elle aime, loin duquel elle ne saurait vivre, et où, je le crains, elle voudra nous mener à notre tour.

Peut-être n'aurai-je pas de peine à obtenir mon exemption; mais Blanche, bien loin de la solliciter, aspire de toute son âme au moment où, délivrée des études et des liens de l'enfance, elle pourra paraître et briller sur ce théâtre dont les acteurs lui semblent si heureux et si enviables.

Franchement, cette enfant m'inquiète; plus je l'observe, plus je découvre en elle de froid égoïsme, d'amour trop vif des plaisirs, de soif de briller et de jouir... C'est là le sujet de mes peines les plus vives, l'objet de mes prières les plus ardentes; et si je te parle, chère Natalie, avec tant de liberté à propos d'une sœur qui m'est si chère, c'est que j'espère son amendement, que je veux l'obtenir du Ciel, et que je te fais complice de mes vœux et de mes prières.

Adieu; prie pour elle et pour moi!

LETTRE X

Paris, 20 octobre 1789.

Ce matin, réfléchissant aux changements plus marqués qui, tous les jours s'opèrent dans le caractère de Blanche, j'ai cru devoir prier ma tante, au nom du salut de cette enfant, de l'éloigner du salon, des conversations du soir, où tout ce qu'elle voit, tout ce qu'elle entend, peut, je le dis avec un amer regret, porter une atteinte funeste à sa foi, à ses principes, à ses bons désirs.

Oui, pour elle, ils sont dangereux, ces échos du monde et de ces vains plaisirs; elles sont perfides, ces louanges données à sa précoce beauté; elles sont funestes, mortelles peut-être, ces plaisanteries sur les choses saintes; cette raillerie qui va chercher tout ce qui est sacré, dans les sentiments de la famille, dans les vérités de la foi, pour le corrompre et le flétrir.

Le doute, l'impiété même, circulent autour de nous, et se glissent sous des formes légères : une chansonnette, un vaudeville, un bon mot, qui pénètrent dans l'esprit comme des flèches, et déversent leur venin dans la blessure.

Le souvenir de mon père, celui de nos saintes institutrices, la fréquentation habituelle des sacrements, Table sacrée préparée contre la faiblesse humaine, voilà ma sauvegarde ; mais Blanche que peut-elle opposer aux piéges dont elle est environnée ? Son propre caractère, tel que je te l'ai dépeint, la pousse vers une perte assurée, et je l'y vois courir, l'âme navrée de douleur.

J'ai fait humblement ces observations à ma tante; elle m'a écoutée, s'est mise à sourire, et a répondu : « Vous êtes dévote, Christine ? c'est bien, j'estime vos principes ! mais je désire que Blanche ait moins de rigorisme, et qu'elle ne craigne pas un monde où je veux la voir briller.

— Ma tante, lui répondis-je, au nom de mon père, je vous en conjure, n'exposez pas cette enfant que vous aimez au danger de ces conversations frivoles, si ce n'est corruptrices... de grâce, écoutez-moi ! »

Je pleurai beaucoup en parlant ainsi. Ma tante, qui est bonne, me prit la main, et dit :

« Faut-il vous voir mourir ! je cède : jusqu'à la fin de son éducation, Blanche se retirera, lorsque les visites du soir arriveront, et vous serez libre de la suivre, si vous le désirez. »

Je baisai mille fois la main de ma tante en essayant de lui témoigner ma reconnaissance. Que Dieu la récompense en appelant à son amour cette âme si bonne et si bien faite pour le connaître et le servir !

Blanche n'a pas été trop satisfaite ; elle m'a boudée... Pauvre petite ! si elle pouvait se douter combien il m'en coûte de la contrarier !

LETTRE XI

Paris, 3 mars 1790.

Je ne puis pas le dissimuler, chère Natalie : la préférence de la marquise d'Hélon pour ma sœur est visible et sensible, mais elle ne me blesse point, et je connais trop les qualités séduisantes de Blanche, pour m'étonner de l'amitié qu'elle inspire. Elle est amplement pourvue, tu le sais, de ces dons extérieurs qui sont d'autant plus chers à ma tante qu'elle se voit revivre dans la jeune beauté de ma sœur ; Blanche est aimable, et pour ceux qu'elle aime, elle tempère son humeur inégale et légère, et sait se rendre carressante, attentive. Ma tante rit de ses caprices, se prête à ses désirs, jouit de son affection.

Tu me connais, Natalie : les succès de ma sœur ne sauraient me déplaire : d'un côté, parce que je l'aime, et de l'autre, parce que je me rends justice. Je n'ai point de beauté ; mes goûts m'inclinent vers la retraite et la simplicité, et si mon cœur sait aimer, mes lèvres ne savent pas toujours le dire ; plus aimante peut-être que ma sœur, je suis moins aimable qu'elle, et partant, moins aimée. Ce n'est que devant Dieu que mon cœur épanche librement ses sentiments et sa reconnaissance, et par un défaut de ma malheureuse nature, ma tante, qui m'est chère à tant de titres, me croit peut-être insensible à ses bontés. En revanche, elle est persuadée de l'amitié de ma sœur, qui, plus expansive que ne je le suis, lui prodigue les marques de son affection ; et souvent Mme d'Hélon vante avec une joie maternelle les soins aimables et le bon cœur de cette enfant...

Je ne te le cache pas, ma Natalie, il me serait doux de pouvoir ouvrir mon âme à celle qui me tient lieu de mère, de pouvoir lui dire combien je la vénère et combien je la chéris ; mais malgré moi, en sa présence, quelque chose embarrasse mes paroles et gêne l'expression de mes sentiments.

Il n'est plus, ce père tendre qui savait lire dans le cœur qu'il avait formé ! je suis éloignée de ces mères, données par Dieu, qui, elles aussi, avaient la clef de mes pensées. Dieu seul me reste, et c'est en son sein paternel que je jette ces affections inexprimées, ces amitiés, habitantes muettes de mon âme, où la timidité les refoule sans cesse, et qui n'ont d'autre langage que la prière.

Puisse Dieu qui m'écoute, combler ma tante de bonheur et de jours, rendre Blanche bonne et heureuse, et leur accorder à toutes deux la connaissance de son nom et la charité qui naît de la foi !

Adieu, Natalie ; que ton amitié, qui devine mes peines, daigne me dispenser d'un pénible aveu et m'accorder toujours un fidèle souvenir au pied des autels !

LETTRE XII

Paris, 14 novembre 1790.

Il m'est arrivé hier un événement assez bizarre et dont je vais te faire le récit.

Depuis plusieurs jours ma tante se trouvait indisposée, et hier, son malaise allant toujours croissant, elle fut prise dans l'après-dînée d'une grosse fièvre, qui l'accablait, et qui, sans lui donner le délire, lui ôtait la connaissance et le sentiment de ce qui se passait autour d'elle. Blanche et moi nous étions auprès d'elle, fort préoccupées, comme tu peux le croire.

Tout à coup, ma sœur, prenant la parole, me dit à voix basse : « Nous sommes le treize : c'est aujourd'hui que se donne le *goûter dansant* de Melle d'Orléans, auquel nous étions invitées.

— Eh bien ! lui dis-je, c'est comme s'il était

déjà fini pour nous, car, à coup sûr, nous n'iron pas.

— Mais.... Mme d'Epinoy devait nous y conduire, et elle n'est pas malade, elle ! Tu sais que ma tante ne comptait pas nous accompagner.

— Je le sais, mais, ma chère petite, je ne puis penser que tu veuilles abandonner ma tante dans la situation où elle se trouve....

— Elle n'est pas en danger, le médecin l'a dit....

— C'est possible, j'aime à le croire, mais elle souffre...

— Je ne l'empêcherai pas de souffrir en restant auprès d'elle....

— Non, mais tes soins, ta présence lui seront une douce consolation....

— C'est de la sensiblerie, cela ! dit Blanche en se levant, et je n'y entends rien. Ce que je sais, c'est que l'invitation de Melle d'Orléans nous fait beaucoup d'honneur, et que ma tante elle-même serait d'avis qu'il faut y répondre.

— Si elle se portait bien, elle pourrait nous guider en cette occasion ; mais souffrante comme elle l'est, je ne vois qu'un devoir, c'est de rester auprès d'elle et de la soigner de notre mieux.

— Tu restes?

— Oui, à coup sûr... »

Blanche parut hésiter, elle regarda ma tante qui dormait d'un sommeil lourd, consulta le miroir, et me dit d'un ton haut et décidé :

« Eh bien! moi, je sors!... Adieu Christine. »

J'allai vers elle, je lui pris la main, l'arrêtant près de la porte qu'elle allait franchir :

« De grâce, lui dis-je, songe à ce que tu vas faire! cette démarche peut te coûter l'amitié de ma tante, et quelque envie que tu aies d'aller à cette réunion, tu ne saurais t'amuser de bon cœur en sachant notre seconde mère si souffrante.... Reste avec moi, Blanche, donne au devoir, à l'affection cette soirée.... Tu ne t'ennuieras point.... Il est si doux de faire ce que l'on doit.... »

Elle retira sa main, en s'écriant :

« Crois-tu m'apprendre mon devoir! je le connais, mais je ne le fais pas consister à veiller ma tante, que ses femmes soigneront mieux que je ne puis le faire.... Laisse-moi donc... Mon parti est arrêté... »

Elle sortit vivement; je me rassis au chevet du lit, je pris mon ouvrage; mais je l'avoue, Natalie, des larmes coulèrent sur la fleur que j'essayais d'achever. Pauvre Blanche! cruelle Blanche! que d'inquiétudes elle me cause!

Ma tante se réveilla ; je lui offris un verre d'orangeade ; elle but un peu, et me dit :

« Où est Blanche?

— Dans sa chambre, ma tante; elle vient de me quitter. »

Les yeux de la marquise se refermèrent; le fil de ses idées se rompit, et bientôt, je la vis endormie de nouveau. Sur la pointe du pied, je quittai l'appartement, je montai chez Blanche..... Elle achevait sa toilette. Elle n'avait pas renoncé à ses projets.

« Ma tante, lui dis-je, vous a demandée.

— Eh bien, ma chère, répondit l'enfant gâtée, vous lui direz que je suis au Palais-Royal; elle en sera charmée.

— Vous persistez donc dans vos intentions?

— Voyez! dit-elle en montrant sa fraîche parure, tandis qu'elle achevait de mettre ses gants.

— Blanche, réfléchis!

— C'est tout vu, ma sœur, répliqua-t-elle froidement.

— La voiture de Mme d'Epinoy! dit la femme de chambre en entrebâillant la porte.

— C'est bien, je descends. »

Et Blanche passa devant moi, insouciante et légère, et bientôt j'entendis rouler sur le pavé la voiture qui l'emportait.

Je redescendis à la chambre de ma tante, et je restai auprès d'elle jusqu'à onze heures du soir. Alors, la voyant assez calme, je me retirai, la laissant aux soins de Mme Bertrand, qui me jurait qu'*elle ne dormait jamais*. Je fis ma prière du soir, je me déshabillai lentement, pensant toujours à ma pauvre sœur, si étourdie, si enivrée par le tourbillon du monde, et je me couchai.

Au bout d'une demi-heure, l'inquiétude me prit; je craignais que ma tante ne fût plus souffrante, et pressée par une de ces inspirations de cœur qui ne nous laissent ni trève ni repos, je me levai en toute hâte. Ayant passé un peignoir, je courus à la chambre de la marquise : tout y était tranquille, trop tranquille même, car Mme Bertrand, installée dans un grand fauteuil, au coin d'un bon feu, dormait d'un profond sommeil.

Ma tante, du fond de l'alcôve, appela d'une voix faible : je courus à elle, je lui donnai à boire, je secouai ses oreillers, je rajustai ses couvertures, et voyant que ma présence pouvait être utile, je m'installai là pour la nuit, après avoir eu soin de réveiller Mme Bertrand et de renvoyer cette parfaite garde-malade à sa chambre à coucher.

Toute la nuit se passa à rendre mille petits soins à ma chère malade : toujours plongée dans ce vague qui accompagne les fortes fièvres, elle ne me reconnaissait pas... au moment où, penchée sur son lit, je venais de renouveler les sinapismes, elle me dit : « Merci, ma chère Blanche! que de peines je vous donne, ma pauvre enfant! »

Dans le même instant, la porte cochère roula sur ses gonds, et j'entendis le bruit de la voiture qui ramenait ma sœur. Je ne répondis à ma tante qu'en l'embrassant, et je crois que dans les mouvements que je me donnais autour d'elle, mes cheveux, blonds comme ceux de ma sœur, échappés de ma coiffe, ont pu l'induire en erreur. Et puis, l'on aime à croire ce que l'on désire, et la pauvre marquise se plaisait à recevoir les marques d'affection de l'enfant qu'elle favorise.

J'ai appris ce matin que Blanche avait eu du succès, et qu'elle avait su adroitement persuader à notre cousine d'Epinoy, son chaperon, que c'était avec la permission formelle de ma tante qu'elle s'était rendue à ce bal.

Oh! ma bonne Natalie, que le monde coûte cher à ses adeptes! il ressemble à ces grandes idoles des Indes, à qui les pauvres peuples, assis à l'ombre de mort, sacrifient ce qu'ils ont de plus précieux; tous les jours il exige le sacrifice d'une vertu : vérité, justice, bonté, charité, modestie, tout lui sert d'holocauste, jusqu'à ce que la pauvre âme dépouillée, nue, misérable, tombe aux mains de son Juge.... Ah! oui, pour ceux qui n'ont aimé que le monde, il est terrible de tomber aux mains du Dieu vivant!

Je crois que les événements politiques, si inquiétants et si sombres, ont contribué à la maladie de ma tante. Elle s'en préoccupe justement.

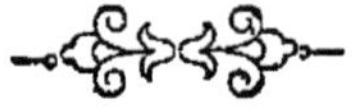

LETTRE XIII

Paris, 17 novembre 1790.

J'ai eu besoin aujourd'hui de me rappeler ces leçons de renoncement que nos bonnes mères de Saint-Cyr nous prêchaient, mieux encore par leurs exemples que par leurs paroles, elles qui ont généreusement consenti à mourir comme le grain de froment, afin de porter une moisson plus abondante.

Après le dîner, auquel ma tante avait assisté pour la première fois depuis sa maladie, elle nous regarda toutes deux avec amitié, et dit :

« Je crois devoir payer les soins de ma bonne garde-malade.... Tenez, Blanche, êtes-vous contente de votre salaire ? »

En parlant ainsi, elle lui présenta un petit écrin, qui renfermait un bracelet émaillé renfermant un nœud. Sur la partie non liée se trouvaient ces mots, aimable devise : *Impossible à dénouer.*

Blanche rougit un peu ; mais elle accepta sans sourciller ni se faire prier. J'étais plus embarrassée qu'elle; les fautes d'autrui me font perdre contenance. Ma tante continua :

« J'ai vu Christine auprès de mon lit dans la journée ; mais la nuit j'ai reconnu Blanche. Je l'ai reconnue à ses cheveux blonds et sans poudre. »

J'étais en effet coiffée de nuit, et c'est là ce qui a aidé à tromper ma pauvre tante.

Je l'avoue, Natalie, cette injustice involontaire de la marquise, ce triomphe immérité de ma sœur me donnaient un sentiment d'extrême amertume. Je me révoltais dans mon âme contre les préventions de l'une, contre l'insensibilité de l'autre, et le témoignage de ma conscience même ne me suffisait plus. Vingt fois je fus prête à dire : « Mais vous vous trompez ! c'est moi qui vous ai soignée, c'est moi qui vous aime : l'affection que vous lui témoignez est un vol ; seul j'y ai des droits par mon respect et mon amour. »

Heureusement, je me tus. La paix de ma tante, l'honneur de ma sœur prévalurent sur les révoltes de mon orgueil froissé.... J'élevai mon âme à Dieu, qui sait toute chose, et j'eus le courage d'applaudir aux éloges que ma tante prodiguait à Blanche.

Quand je fus revenue dans ma chambre, j'ouvris l'*Imitation*, et je tombai sur ces paroles :

« Jetez-vous avec confiance entre les bras du
» Seigneur, et ne craignez point les jugements
» des hommes lorsque votre conscience vous rend
» témoignage de votre piété et de votre innocence.
» C'est un avantage et un bonheur de souffrir de
» cette sorte, et ce ne sera point une peine pour un
» cœur humble qui s'appuie sur Dieu plus que sur
» lui-même.... Que si vous paraissez succomber
» pour le présent et souffrir une confusion que vous
» n'avez point méritée, ne vous en fâchez pas, ne
» diminuez pas votre couronne par votre impatience;
» levez les yeux au ciel vers moi, qui ai le pou-
» voir de vous délivrer de toute injustice et de toute
» confusion, et de rendre à chacun selon ses œu-
» vres [1]. »

J'ai levé les yeux au ciel, et cela m'a suffi.

Adieu, bonne et bien-aimée Natalie.

[1] Imitation, livre III.

LETTRE XIV

Paris, 23 décembre 1790.

Ma tante est toujours faible et languissante ; elle ne quitte presque plus sa chambre, où je lui tiens fidèle compagnie. Blanche passe aussi quelques heures de la journée avec nous ; mais souvent elle nous quitte pour Mme d'Epinoy, notre parente, qui a pris ma sœur en grande amitié.

La marquise ne refuse à Blanche aucune des permissions qu'elle lui demande ; son autorité fléchit devant le prestige de la jeunesse et de la grâce de ma sœur.

Je m'efforce à suppléer à la double affection qui devrait environner notre bienfaitrice ; mais, quoique je fasse, notre tête-à-tête est bien triste, et il est encore assombri par le reflet des événements extérieurs.

Le cercle de nos amis est déjà bien rétréci ; un

grand nombre d'entre eux est parti pour les pays étrangers; on craint les mouvements d'un peuple soulevé, et on se dérobe par la fuite au sinistre avenir que tout semble présager. Ma tante partage ces appréhensions sans oser suivre cet exemple; elle redoute les fatigues du voyage, l'abandon, l'isolement que l'on subit loin de sa patrie, et la misère qui pourrait être la suite d'une longue émigration.

Pour moi, Natalie, je ne crains rien.

Les fortunes s'écroulent, dit-on.... Dieu est mon père, il saura pourvoir à mes besoins : les petits des corbeaux ne crient pas en vain vers lui du fond des déserts : ferait-il moins pour sa créature?

Les priviléges sont abolis, la noblesse anéantie... Eh bien! plus que jamais, ma vraie noblesse sera d'être chrétienne, enfant de Dieu, héritière du royaume des cieux, et celle-là, nul homme ne peut me l'enlever, car j'en ai reçu au baptême le sceau indélébile.....

La religion va périr... Oh! quelle erreur! L'Epouse est semblable à l'Epoux, l'Eglise catholique a reçu de Jésus-Christ une existence immortelle, contre laquelle les efforts conjurés des hommes et de l'enfer demeureront impuissants.... Périr! elle, cette religion auguste, que l'on vit sortir de cent persécutions plus jeune, plus belle, plus florissante que jamais! Quand même le sang de ses fils arroserait les échafauds, elle ne périrait pas, car le sang des martyrs est la semence des Chrétiens, car elle trouve sa vie dans la mort, sa gloire dans les opprobres, sa joie dans les supplices, et n'est jamais plus féconde qu'alors qu'elle se voit décimée!

Enfants de cette Eglise sainte, Natalie, ne craignons pas; en vain les cœurs timides répètent :

Sion ne sera plus : une flamme cruelle
Détruira tous ses ornements.

L'immuable espérance qui habite dans mon cœur, répond :

Dieu protége Sion; elle a pour fondements
Sa parole éternelle [1].

Prions cependant, prions pour ceux qui souffrent, pour ceux qui craignent, pour le roi, pour la pauvre reine, qui porte une couronne d'épines au lieu de ces couronnes de fleurs que les peuples charmés lui offraient jadis; prie pour ma tante, accablée par l'âge et le chagrin, et pour ma sœur,

[1] Athalie.

que tant de sombres événements ne parviennent pas à dégoûter du monde, de ses promesses et de ses mensongers plaisirs.

Adieu.

LETTRE XV

Paris, 10 février 1791.

Mme d'Epinoy est venue voir ma tante, et après quelques propos insignifiants, elle lui dit :

« Vous n'ignorez pas, ma chère cousine, les alarmes trop bien motivées qui remplissent tous les esprits? La société toute entière est menacée ; notre existence est en péril, tout présage une ruine complète... Grand nombre de nos amis ont quitté la France, et, après mûre délibération, nous avons résolu, mon mari et moi, de suivre leur exemple. Nous comptons partir..... Ne croyez-vous pas, chère cousine, qu'il serait prudent de nous accompagner ? »

Ma tante secoua la tête et répondit enfin :

« Je suis vieille et souffrante..... mes infirmités éloigneront de moi tout soupçon, et je pourrai peut-être, à l'abri du triste cortége de la vieillesse, mourir en paix dans ma maison..... Je crains, je l'avoue, les misères de ces voyages lointains; ce qui serait pour vous une joyeuse partie de plaisir, me semblerait à moi une longue agonie.... D'ailleurs, je dois pourvoir aux intérêts de fortune de ces enfants, elles n'ont plus que moi... et si j'abandonne ces soins aux gens d'affaires, vous savez ce qui m'en reviendra. »

Mme d'Epinoy ne parut pas comprendre; je baisai la main de ma tante, qui daignait s'occuper de nous avec tant de bonté. Ma cousine reprit :

« Vous ferez vos réflexions pendant que nous ferons nos préparatifs..... Croyez-moi, un voyage à Bruxelles serait chose fort prudente, et d'ailleurs la crise ne peut se prolonger beaucoup... Avant peu, vous reviendriez ici, et vous goûteriez le calme du port, après avoir évité la tempête. »

Ma tante ne répondit rien. Quelques instants après, Mme d'Epinoy prit congé; Blanche la suivit et s'entretint longtemps avec elle. J'ai cru m'apercevoir que les réflexions de notre parente ont produit une vive impression sur l'esprit de ma sœur. Ma devise est : *Confiance en Dieu.*

—

LETTRE XVI

Paris, 28 février 1791.

Hélas! ma chère Natalie, je suis dans la plus grande désolation.... Ma pauvre, ma bonne tante a été frappée ce matin d'une attaque d'apoplexie, qui, en ne donnant pas de crainte pour ses jours, lui ravit cependant l'usage de ses facultés; une cruelle paralysie s'est emparée de ses pieds et de ses mains, et c'est avec la plus profonde douleur que je jette les yeux sur cette figure inerte, où l'intelligence et le mouvement semblent éteints pour jamais. Je l'appelle; elle ne m'entend pas; je suis auprès d'elle, elle ne me reconnaît pas; je pleure, elle ne voit pas mes larmes; et je découvre avec épouvante que je suis seule au monde, seule avec une enfant, avec ma sœur. Notre protectrice, notre mère, ne peut pas nous guider; insensible à tout, même à nos soins, elle nous abandonne en quelque sorte à notre propre conduite; mais, je l'espère, nous ne faillirons pas, et le Dieu bon nous accordera simplicité et prudence.

J'ai été bien touchée de la douleur de Blanche; la situation de ma tante l'épouvante encore plus que moi-même, car tout à l'heure elle m'a dit : « Mon Dieu! que deviendrons-nous? ma tante ne peut plus nous aider en rien : que ferons-nous seules dans cette grande maison?.... »

Elle écrit en ce moment à Mme d'Epinoy, pour se consoler avec elle, comme je me console avec toi, ma Natalie.

LETTRE XVII

Paris, 4 mars 1790.

Si tu n'étais pas depuis tant d'années mon amie fidèle et éprouvée, j'hésiterais à t'apprendre ce qui m'est arrivé ; mais je ne dois point avoir de secrets pour celle qui est vraiment ma sœur. Je t'ai raconté dans ma précédente lettre l'accident arrivé à ma tante ; je t'ai dit aussi de quelle frayeur Blanche semblait saisie, et j'étais heureuse de reconnaître la sensibilité de son cœur dans les larmes que je lui voyais répandre. Le soir de ce même jour, lorsque nos domestiques se furent retirés, Blanche vint m'appeler mystérieusement. Je refusai d'abord, mais elle insista, et je la suivis, laissant ma tante endormie aux soins d'une de ses femmes. Blanche me conduisit dans un petit salon, où je trouvai Mme d'Epinoy, qui vint à moi, m'embrassa et me dit vivement :

« Nos préparatifs sont achevés, nous partons cette nuit, ma chère, et je vous engage à finir vos paquets. Blanche vous aidera, car elle a terminé ses apprêts. »

J'étais stupéfaite d'étonnement; je ne comprenais pas. Blanche prit la parole à son tour, et me dit :

« Nous partons! et dans trois jours, nous serons à Bruxelles, loin de toutes ces scènes d'horreur qui me fatiguent et m'épouvantent.

— Ma sœur..... lui dis-je.

— Va donc, me dit-elle, prends tes bijoux, quelques-unes de tes robes..... La chaise de poste sera prête à minuit.

En vérité, Natalie, il me semblait que je rêvais.

« Mais, ma sœur, pense donc à ma tante!

— Eh bien?

— Pourrions-nous l'abandonner?

— L'abandonner? nous la laissons dans sa maison, au milieu de ses domestiques, en jouissance de sa fortune...

— Mais elle est malade, mourante.....

— Votre présence, ma chère petite, ne la guérira pas..... me dit Mme d'Epinoy.

— Madame, répondis-je en me contenant quoique avec peine, si nos soins ne peuvent la guérir, ils pourront du moins la consoler.....

— Elle ne les comprend plus; elle est insensible à tout.

— Et vous voulez que dans un pareil état j'abandonne ma bienfaitrice à des mains mercenaires? ne me forcez pas, madame, à vous exprimer ce que vos paroles me font ressentir!

— Eh! ma chère, ne vous échauffez pas; je suis venue ici, je vous ai offert ma protection pour ce voyage, à la prière de votre sœur, moins sentimentale et plus sensée que vous... »

Je me tournai vers Blanche, le cœur navré. Les paroles expirèrent sur mes lèvres en voyant l'air résolu et décidé dont elle s'était armée; je voyais dominer en elle ce sentiment du *moi*, ce sentiment malheureux qui l'avait animée dès son bas âge; je voyais s'accomplir tout ce que j'avais craint, en l'étudiant, dès nos premiers ans : enfant égoïste et frivole, jeune fille mondaine et légère, sacrifiant, comme il y a quelques mois à peine, un noble devoir à un misérable plaisir, hors d'état de comprendre la joie de l'abnégation et la tranquille paix d'une conscience satisfaite. Je ne parlai pas, mais elle dit vivement :

« En effet, ma sœur, j'ai prié Mme d'Epinoy de

vouloir bien nous prêter son appui dans notre voyage, parce que la fuite me semble nécessaire, parce qu'au jugement des hommes sages, avant peu de mois peut-être, nous ne pourrons plus être en sûreté. »

En ce moment un groupe d'hommes avinés passa sous la fenêtre en chantant un sanguinaire refrain.

« Entends-tu, Christine? s'écria Blanche, entends-tu ? Il faut partir et vivre, ou rester ici, rester au milieu de ces furieux, et mourir sous leurs coups !...»

Je l'avoue à ma honte, Natalie, la nature parla haut en ce moment dans mon âme... Un souvenir rapide me reporta à ces scènes de deuil qui ont ensanglanté Paris; à la prise de la Bastille, au supplice de Favras, à la mort plus atroce encore de Foulon, de Berthier, à ces injures, à ces infâmes insultes qui n'ont épargné ni les jeunes filles ni les emmes, alors que leur naissance ou leur fortune les élevaient au-dessus des masses, et je frémis, et je répétai tout bas : Partir et vivre ! rester et mourir ?

« Serait-il possible d'emmener ma tante ? dis-je enfin d'une voix faible ?

— Oh ! ma chère, que demandez-vous là ?

s'écria Blanche. Infirme, paralysée, sans connaissance, réduite enfin à l'état que vous savez, elle entraverait cruellement notre voyage. »

Mme d'Epinoy approuva ces paroles du geste.

« Il suffit, dis-je (et je sentis le courage renaître en mon cœur), il suffit; si elle reste, je reste aussi; je ne la quitterai point...

— Christine, c'est votre vie que vous risquez! s'écrie Blanche en me serrant la main.

— Soit.

— Et pour qui un pareil sacrifice? pour une personne qui ne saura pas le reconnaître, dont la raison est peut-être perdue à jamais...

— Soit encore; Dieu le saura, et c'est assez!

— Réfléchissez, je vous en conjure!

— Et moi aussi, je vous conjure de réfléchir à l'ingratitude dont vous vous rendez coupable en délaissant dans la maladie et la vieillesse celle qui nous a tenu lieu de mère! Oh! Blanche, la vie, quand même elle serait menacée par la hache des bourreaux, la vie mériterait-elle d'être payée à ce prix? Je n'ai aucun droit sur vous; je suis votre aînée d'un an à peine; je ne puis ni vous intimer un ordre, ni vous imposer une volonté; mais je vous supplie de vous dégager de cette personnalité qui pèse sur vous, qui empêche votre âme de prendre un généreux essor ! La reconnaissance, le devoir, l'affection , tous les sentiments nobles crient sans doute bien haut dans votre cœur : de grâce ne les étouffez pas ! que rien ne puisse faire taire ces voix généreuses qui parlent au nom de Dieu , au nom de votre vénéré père ! Reste avec nous, ma Blanche, reste auprès de notre bienfaitrice, qui nous a ouvert ses bras et sa maison quand nous étions sans asile ; reste, et ne crains rien ! Dieu, protecteur des faibles, veillera sur nous ; mille tomberont à notre droite , et dix mille à notre gauche , sans que nous périssions ; car la Providence divine sera notre sauvegarde... »

Je pleurais , je tremblais ; mais Blanche reprit avec sang-froid :

« Je n'ai ni votre dévotion ni votre enthousiasme, ma sœur, et je crois bon de prendre un peu d'avance sur la Providence , en vertu du vieux proverbe : *Aide-toi, le Ciel t'aidera.* »

Et se tournant vers Mme d'Epinoy , elle ajouta :

« Ma cousine, je suis prête à vous suivre.

— Blanche , vous êtes décidée ?

— Oui , vous êtes une héroïne ; mais moi , je suis femme , j'ai grand peur, et je me sauve...

— Christine , dit Mme d'Epinoy, vous ne voulez point nous suivre ?

— Non, madame.

— Alors, adieu.

— Adieu, ma sœur, répéta Blanche en prenant sur la table un écrin qu'elle y avait déposé et qui renfermait sans doute les bijoux que ma tante se plaisait à lui donner.

Je restai clouée sur ma chaise, anéantie par ce départ ; je n'avais aucun droit sur elle pour l'obliger à rester, et, eussé-je possédé ce droit, je n'en aurais pas fait usage dans des circonstances funestes où la mort peut être en effet le salaire du dévouement. D'ailleurs, si le dévouement est forcé, s'il ne naît pas d'un élan spontané du cœur, où est son prix, quelle est sa valeur?

« Adieu, Christine! répéta Blanche. »

Je répétai machinalement ce mot *adieu*, signal d'une séparation qui sera peut-être éternelle, et toutes deux sortirent. J'entendis la porte qui roulait sur ses gonds, le bruit des roues de la voiture qui les emmenait, et sans savoir pourquoi, je fondis en larmes. Je pleurais ma sœur, ma compagne ; je pleurais aussi en me voyant abandonnée, seule et sans amis, auprès du lit d'une mourante, et je sentais amèrement ma faiblesse, mon jeune âge et mon délaissement.

Mais Dieu ne m'abandonna point : au moment

de l'affliction, il est plus près de nous ; sa main nous relève, sa voix nous exhorte, sa force nous soutient... Insensiblement, je me sentis fortifiée ; je pensai que mon invisible et puissant protecteur ne me délaissait pas, et qu'en perdant la société et l'appui des créatures, je n'avais pas perdu le soutien divin auquel je m'étais toujours confiée. Je me mis à genoux, je dis un *Pater* avec grande confiance, et la joie descendit en mon cœur dès cette première parole : *Notre Père !*... J'y ajoutai la *Salutation angélique*, et après avoir invoqué ma famille des cieux, je rentrai doucement dans la chambre de ma tante.

Elle venait de s'éveiller : je lui présentai une cuillerée de sirop d'orgeat, qu'elle parut prendre avec plaisir ; je la replaçai sur ses oreillers, je lui rendis quelques petits services, et en la regardant, mon cœur débordait de joie. J'avais oublié isolement, péril, tristesse : je ne pensais qu'à ma seconde mère, au bonheur de la soigner, de la servir, de l'aimer, et surtout au bonheur plus grand d'accomplir ce que voulaient de moi Dieu et mon devoir... Que notre Père céleste garde Blanche en son voyage ; je la recommande à tes prières.

—

LETTRE XVIII

Paris, 27 mars 1791.

Oui, ma chère Natalie, je suis entièrement rassurée sur la vie de ma tante, et la jouissance de ses facultés intellectuelles lui est entièrement rendue. Mais, hélas! elle a repris la connaissance pour souffrir, et en rentrant dans les droits d'être intelligent, elle est rentrée aussi dans ces droits à la souffrance, qui sont le lot de toute créature ici-bas. A mesure qu'elle reprenait possession d'elle-même, son regard, devenu expressif, cherchait Blanche et s'étonnait de ne pas la rencontrer; enfin, elle me fit approcher, et me dit d'une voix pleine d'autorité:

« Christine, où est votre sœur ? »

Je balbutiai; je cherchai une réponse; mais en songeant que le médecin avait déclaré ma tante hors de tout danger, je crus qu'il valait mieux lui faire connaître la vérité. Je lui dis en peu de mots les terreurs de Blanche, je lui rappelai les instances de Mme d'Epinoy, et je terminai mon récit en ajoutant que toutes deux étaient heureusement arrivés à Bruxelles.

Quels que fussent les ménagements que j'eusse apportés dans ce récit, la marquise ressentit le coup douloureux que j'aurais tant voulu lui épargner. Elle soupira, et dit à voix basse :

« Blanche !... elle que j'aimais tant !... »

Des larmes roulèrent sur ses joues, larmes amères de la vieillesse et du malheur, et ses mains paralysées ne purent les essuyer. Les miennes coulèrent, et je m'écriai :

« Ma tante, je ne vous quitterai jamais !

— Mon enfant, répondit-elle, je vous l'ai dit : vous ressemblez à votre père... Me pardonnez-vous mes injustes préférences ? »

Je l'embrassai mille fois, j'essayai encore de pallier la conduite de Blanche ; la marquise m'écouta avec plaisir, et elle s'endormit paisiblement en tenant ma main dans les deux siennes. Mais dès son réveil ses yeux cherchèrent ma sœur, et la tristesse et les larmes revinrent avec le souvenir de cette enfant, si oublieuse et si aimée.

Blanche m'a écrit par une voie détournée ; elle ne paraît pas malheureusement disposée à profiter des grandes leçons que la Providence donne à tous dans les événements qui se pressent et se précipitent; au milieu du monde qui afflue à Bruxelles, elle rêve encore une existence bruyante et frivole...

Pour moi, chère Natalie, d'autres soins plus graves mais aussi plus doux m'ont préoccupée. Depuis plusieurs mois, j'ai dû renoncer à ce qui faisait la consolation de ma vie, aux sacrements, dont la fréquentation habituelle est si nécessaire à l'âme chrétienne; car, hélas selon les véridiques paroles de la sainte Ecriture, « notre cœur faiblit » lorsque nous oublions de manger notre pain... si » nous sommes privés de nourriture, nous man- » quons de force et nous tombons en chemin. » Mais l'approche du saint jour de Pâques me met dans l'heureuse nécessité d'avoir recours au souverain remède, au bain salutaire, au cordial fortifiant et généreux. Ce n'est plus dans les temples consacrés à Dieu par nos pieux ancêtres, que nous devons aller chercher les enseignements de la foi et les secours de la grace; comme aux premiers jours du christianisme, l'Eglise persécutée cache ses fidèles ministres au fond de quelque boutique, dans la maison d'un pauvre artisan, dans les caves d'un somptueux hôtel, où Dieu est servi, comme il l'était autrefois dans la maison du sénateur

Pudens[1], qui servit d'hôte au prince des apôtres. Oh ! que j'eusse été heureuse de pouvoir accueillir en notre maison un de ces envoyés du Seigneur ! Cette félicité m'a été refusée, et conduite par la bonne Marie-Anne, la pieuse fille de notre porteur d'eau, avec laquelle depuis longtemps je suis liée d'amitié et de prières, je suis allée le jeudi-saint, bien avant le lever du jour, jusqu'au fond du faubourg Saint-Marcel.........

Je n'avais mis nulle autre personne dans ma confidence, et à l'hôtel tout le monde me croyait encore couchée. Marianne m'avait attendue à la petite porte du jardin ; je lui pris le bras, et nous marchâmes en silence, à travers les rues obscures et désertes..........

Au bout d'une grosse heure de marche, Marie-Anne me dit : « Nous sommes arrivées ! voici la maison de ma tante ! »..........

Nous étions devant une pauvre et petite maison, servant de boutique à une fruitière : Marie-Anne frappa d'une certaine façon, et une femme déjà âgée vint ouvrir, elle me salua et dit à ma jeune compagne :..........

[1] Saint Pierre reçut l'hospitalité, à Rome, chez le sénateur Pudens, et le baptisa ainsi que toute sa famille. Le prince des apôtres offrit souvent le saint sacrifice dans cette maison, transformée plus tard en église.

» Marie-Anne, conduis mademoiselle, tu connais le chemin....»

Nous traversâmes une boutique, remplie de pommes, de carottes et de choux, une pauvre cuisine, une petite cour, et Marie-Anne s'arrêta devant un bâtiment qui avait l'air d'une étable, et me dit : « C'est ici. »

J'étais troublée, et l'émotion que j'éprouvais n'était pas sans douceur. En vain les hommes essaient de courber la religion sous le joug qu'ils ont forgé ; libre par essence, elle échappe à leur tyrannie ; chassée des palais, elle se réfugie dans les chaumières, dans les maisons du pauvre; elle apporte avec elle sa native grandeur, et rejetant loin d'elle une fraternité chimérique, elle réunit dans les nœuds sacrés de la charité les rangs les plus divers, la veuve de l'artisan, la fille d'une race proscrite et le prêtre fidèle.

Je poussai la porte que m'indiquait Marie-Anne, et nous entrâmes aussi recueillies que si nous eussions foulé le pavé de la Sainte-Chapelle.

Cependant ce n'était qu'un pauvre réduit, transformé en oratoire par la piété de la tante de Marie-Anne. Les murs humides étaient cachés sous des draps blancs, et on avait jeté de la paille sur le pavé froid et inégal. Au fond de cette chambre s'élevait un autel improvisé, formé de planches, sur lesquelles on avait posé une pierre consacrée et que recouvrait du linge grossier, mais frais et blanc; un crucifix, deux chandeliers de cuivre et quelques bouquets de fleurs printanières complétaient la décoration de cet autel, où le Sauveur allait descendre.

Le plus profond silence régnait autour de nous: un prêtre assis dans le coin le plus reculé écoutait la confession d'un vieillard; quelques autres personnes priaient à genoux avec un admirable recueillement. C'étaient des femmes, des jeunes filles, fidèles au Dieu de leurs pères et à sa loi adorable, vainement menacée par les passagères fureurs de ces hommes qui eux-mêmes passeront si vite.

Après un quart d'heure d'attente, je pus à mon tour verser dans le sein du prêtre l'aveu de mes fautes, et je me relevai purifiée, fortifiée par l'absolution. Tous nous étions prêts à participer au banquet de vie; le prêtre revêtit les ornements sacerdotaux, et assisté par le vieillard, il commença les saints mystères.

Oh! que cette messe célébrée au fond d'un faubourg, dans cette pauvre maison, au milieu de ces inconnus, qui, dans ce moment, devenaient véritablement mes frères, mes sœurs en Jésus-Christ, que cette messe me parut touchante ! *Cette terre est sainte, Dieu est véritablement ici !* me disais-je, et il me semblait voir les Séraphins étonnés, descendant du ciel à la suite de leur Maître et l'adorant sur ce misérable autel.

« Agneau de Dieu, qui avez racheté les péchés du monde, ayez pitié de nous ! ayez pitié de votre France, du royaume très-chrétien, qui a donné au ciel tant de saints, de docteurs, de vierges et d'apôtres ! ayez pitié de ces têtes royales, menacées par d'injustes colères ; armez vos serviteurs de force et de constance pour confesser votre nom ; Pasteur des âmes, ramenez les pécheurs ! vengez-vous de nos ennemis en les forçant à vous connaître et à vous chérir ; donnez la persévérance aux justes et le retour aux coupables ; ayez pitié de Blanche, de ma sœur, donnez-lui les sentiments d'une généreuse charité, où le *moi* s'absorbe et périsse ; ayez pitié aussi, mon Dieu, de ma tante qui ne vous aime pas comme je voudrais vous voir aimer. Maître des cœurs, changez le sien, et donnez-moi la grâce dont j'ai besoin pour vous servir, pour vous aimer jusqu'au dernier souffle de ma vie !...

Telle fut la prière que j'adressai à mon Dieu, lorsqu'il daigna descendre dans mon pauvre cœur, indigne d'un tel Hôte...

Et puis, au premier rayon de l'aube, il fallut partir et quitter ce lieu où les bénédictions de Dieu étaient descendues.

Je saluai en silence le prêtre et les frères inconnus avec lesquels je venais de m'asseoir à la table du Père céleste; je serrai la main de la bonne fruitière, et appuyée au bras de Marie-Anne, je repris le chemin de l'hôtel, où je rentrai, sans que personne se fût douté de mon absence. Mais j'y rentrai plus forte, car Dieu était avec moi.

JOURNAL DE CHRISTINE

1er mai 1791.

Natalie aussi vient de quitter la France; nos douces relations sont interrompues; elle part avec sa famille pour l'Espagne, et quoique depuis tant d'années je fusse séparée d'elle, il me semble que son départ me laisse plus isolée que jamais. Mon Dieu ! vous me restez seul ! Ma tante est toujours souffrante ; elle ne quitte pas son lit ou son fauteuil, et elle, jadis si gaie, si vive, si empressée aux fêtes, aux bruits du monde, semble accablée maintenant sous les langueurs de la vieillesse, de l'abandon, de la maladie. Elle est triste, mortellement triste.

Frappée au cœur par le départ de Blanche, elle voit son existence encore assombrie par le sinistre reflet de l'orage extérieur, par ces nouvelles de plus en plus menaçantes qui parviennent jusqu'à nous : — la royauté avilie, l'antique monarchie croulante, la religion persécutée, tout ce qu'on avait coutume de vénérer menacé d'une ruine prochaine, et les anarchistes seuls debout et enivrés de fureur....

Grand Dieu! quels jours funestes! Au milieu des terreurs qui trop souvent m'assiégent, je me réfugie dans un petit oratoire que j'ai élevé au fond d'un cabinet où personne ne pénètre, là j'ai suspendu un crucifix, une gravure d'après Van Dyck, répésentant l'élévation de la croix ; j'y ai placé mes livres de piété : l'*Imitation*, les *saints Evangiles*, la *Perfection chrétienne*, le *Combat spirituel*, si cher à saint François de Sales. Une jolie et gothique statue de la sainte Vierge fait le plus bel ornement de ma chapelle, et aujourd'hui, 1er mai, j'ai placé à ses pieds quelques vases de fleurs.

En Italie ce joli mois de mai est consacré à Marie. Mme Louise de France envoya à nos bonnes mères de Saint-Cyr un petit livre traduit de l'italien, qui traitait de cette aimable dévotion [1]. Je me suis promis d'imiter cette coutume, de rendre chaque jour à Marie un hommage filial et de venir épancher

[1] La traduction du *Mois de Marie* de Lalomia fut dédiée à Mme Louise de France.

mon cœur sous les yeux de cette bonne Mère... car il faut qu'elle devienne complice de mes vœux, et j'espére obtenir par sa puissante entremise l'entier retour de ma tante vers le Seigneur.

O refuge des pécheurs ! ô consolatrice des affligés ! ô secours des chrétiens ! priez, priez pour nous !

Paris... juillet 1791.

Les terreurs de ma tante m'affligent au-delà de toute expression. Je passe auprès d'elle mes jours et mes nuits, occupée à la servir, à la consoler, à la tranquilliser. Tout l'épouvante : l'isolement où nous nous trouvons par l'émigration de nos meilleurs amis ; les mauvaises nouvelles qu'on nous apporte, les rumeurs du dehors. Elle craint la vie, elle redoute la mort...

Avec quelle peine je lis dans l'âme de ma pauvre tante cette horreur inexprimable que lui cause la mort, cet effroi que l'espérance chrétienne ne vient jamais adoucir !...

Plusieurs fois je lui ai demandé si elle voulait recevoir la visite de ce digne prêtre, ancien vicaire de Saint-Sulpice, qui m'a permis de faire mes pâques ; mais elle a refusé... « Suis-je donc si mal ? m'a-t-elle dit ; vais-je mourir ?.. »

Je n'ai rien répondu... Oh ! qu'elle m'afflige ! elle si bonne, si bien faite pour connaître Dieu et goûter sa sainte loi ! elle vit dans l'éloignement de sa grâce, parce qu'elle a lu quelques mauvais livres et qu'elle a vécu dans des sociétés dangereuses....

Gardez-moi, Seigneur, de ces durs écueils, et accordez à ma bienfaitrice le repos du cœur et la connaissance de votre amour !

Paris... octobre 1791.

Nous recevons peu de nouvelles de Blanche, et pourtant, je le vois, elle est la pensée incessante de ma tante. Si ma sœur était ici, et surtout si elle voulait me seconder, sa gaieté, sa grâce exercerait sur ma tante l'empire auquel je prétends en vain... Mais seule, seule pour l'egayer, la soutenir, l'éclairer, seule, hélas ! que puis-je ?...

Paris, 2 novembre 1791.

Je suis allé de nouveau avec Marie-Anne au faubourg Saint-Marcel, où j'ai goûté le bonheur suprême de m'unir à mon Dieu par la sainte communion, en union avec les légions triomphantes des saints qui, dans les cieux, célèbrent les noces brillantes de l'Agneau. J'ai beaucoup prié pour ceux qui sont encore exilés sur la terre, et il me semblait voir mon père qui, rempli de la tranquille joie des élus, jetait cependant sur sa fille un regard de compassion et d'amour.

Mon absence s'était prolongée : au retour, ma tante me regarda d'un air triste et me dit :

« Je croyais que vous aussi vous m'aviez abandonné !

— Oh ! ma tante !

— En effet, à quoi peut être bonne une vieille femme telle que moi... importune à tous, il est juste qu'on la délaisse.... Blanche, Blanche ne l'a-t-elle point fait ?...»

Les larmes lui coupèrent la parole ; émue moi-même au-delà de toute expression, je me jetai à son cou, j'appuyai ma joue sur son épaule, en répétant :

« Ma chère tante, ma mère, jamais, non jamais je ne vous quitterai... rien ne me séparera de vous... je suis votre fille, votre servante, et Dieu me donne à vous pour vous obéir et vous servir en toute chose !... »

Elle parut plus calme, me remercia, mais elle répéta encore le nom de Blanche avec un soupir... O ma sœur, comment as-tu pu oublier tant d'amour ?

Paris, 23 janvier 1792.

Quelquefois, durant des nuits sans sommeil, soit que je les passe au chevet du lit de ma tante, soit que je ne puisse trouver le repos sur mon oreiller, en entendant les chants sauvages des hommes qui quittent le club, en prêtant une oreille inquiète aux bruits des rixes et des sanglantes disputes qui naissent des discussions politiques, il m'arrive, et j'en ai honte, de penser que j'aurais pu, comme Blanche, fuir ce pays de discordes, cette terre qui a soif de notre sang, et goûter sous d'autres cieux la paix et la douceur des consolations religieuses.

Ce sont là des heures de doute et de regret, des heures cruelles entre toutes; mais une pensée les calme toujours... Je pense qu'aux Tuileries Mme Elisabeth veille aussi dans les larmes, et qu'elle aussi, il y a peu de mois, aurait pu fuir la France et se refugier avec ses tantes[1] à Rome, à l'ombre du Saint-Siége. Elle a refusé, pour s'attacher à la

[1] Mesdames, filles de Louis XV.

fortune de son frère, et quelle fortune peut-être ! Cet exemple d'abnégation me console, et la vertu sereine de cet ange soutient ma force défaillante.

Paris... avril 1792.

Nous venons de recevoir une lettre de Blanche ; je vais la transcrire ici :

Bruxelles, 15 mars 1792.

« Chère sœur,

» Je me risque à t'écrire un mot, afin de te peindre la triste position où nous nous trouvons après six mois d'absence et de séjour onéreux en pays étranger. Tu sais que Mme d'Epinoy avait emporté fort peu d'argent, et ce peu, elle ne saurait le partager avec moi, car enfin chacun pour soi en ce monde ; cela se comprend ; je me trouve donc fort triste et fort gênée pour mes dépenses personnelles. Si ma tante, qui est si bonne, pouvait disposer de quelques fonds en ma faveur, elle ajouterait aux éternelles obligations que nous avons contractées envers elle. Sans doute cette chère et bonne tante aura compris et approuvée mon départ : j'étais sous l'impression d'une terreur profonde, et j'avais le sentiment de mon incapacité. En admirant le courage de ceux qui restent dans le gouffre, je pense qu'on ne peut pas désapprouver ceux qui essaient d'en sortir.

» Rien de nouveau ici. Les émigrés qui ont de l'argent vivent dans l'aisance et sont recherchés dans les meilleures sociétés ; les autres souffrent et patissent. Notre excellente tante ne voudra pas que je sois de ce nombre ; je me recommande à ses bontés, et la prie d'agréer l'hommage de mon respect et de mon inviolable attachement.

» Adieu, ma sœur, je t'embrasse, et, s'il m'est besoin, je réclame tes bons offices auprès de notre parente.

» BLANCHE DE MÉRAN. »

Cœur égoïste et sec !... mais que dis-je ! pardon mon Dieu, pardon d'un mot, d'une pensée aussi peu charitable... je vais prier ma tante d'accorder à Blanche ce qu'elle demande...

Oh ! que ma tante est vraiment bonne et mille fois meilleure que moi !... Elle a lu la lettre, et quoique frappée peut-être du ton qui y règne, elle s'est attendrie en me disant : « Qui sait ? la pauvre petite manque peut-être de tout... Tenez, Christine, ajouta-t-elle, voici la clef de mon secrétaire, prenez-y un rouleau de cent louis envoyés par Ledru le fermier, et faites-les passer à votre sœur.... »

J'ai obéi, et ne sachant à qui m'adresser, j'ai chargé de cette commission un de nos domestiques qui semble nous être dévoué.

Mai 1792.

Paris devient de plus en plus triste, et l'hôtel de plus en plus désert.... Parfois, durant les jours d'été, on voit l'horizon se ceindre de nuages sombres ; les arbres frissonnent sans qu'il y ait un souffle de vent ; les oiseaux poussent des cris et se cherchent dans les airs... un sentiment d'effroi se répand sur la nature entière... le laboureur retourne d'un pas hâtif à la ferme lointaine ; le pâtre ramène son troupeau qui marche tête baissée.... le silence règne..... les champs déserts semblent attendre un sinistre événement..... jusqu'au moment où l'éclair, brillant comme un glaive entre les nuées, précède l'affreux orage qui détruit les moissons, foudroie châteaux et chaumières, et frappe ceux mêmes qui cherchaient à le fuir... Telle est notre situation; le calme règne, calme terrible précurseur de la tempête... bientôt brillera l'éclair, bientôt éclatera la foudre.... hélas! qui frappera-t-elle?

Mai 1792.

La santé de ma tante se soutient, quoiqu'elle soit toujours paralysée des jambes. Sa tête est bonne.... elle cause avec moi.... je lui parle souvent de Dieu, elle m'écoute sans peine.... Ah! dans ces jours de calamités, qui donc ne se sent pas le besoin de chercher un asile plus haut que la terre, et de placer son espérance là où les caprices tyranniques des hommes et des partis ne pourront jamais atteindre?

21 juin 1792.

C'est demain la fête de saint Paulin de Nole; ce jour me rappelle un souvenir plein de douceur. Mon père portait le nom de ce saint évêque, nom tout français, puisque saint Paulin était né en Saintonge, et qu'il fut, par sa foi, ses talents et sa charité, une des gloires de la Gaule méridionale. Nous célébrions cette fête avec joie, et les enfants du hameau se joignaient à nous, car mon père était vénéré de tous. Une fois (j'avais douze ans), c'était peu de temps avant que la mort me ravît mon premier, mon meilleur ami, je voulus lui présenter un bouquet de fête d'un genre tout nouveau, et qui pût lui plaire davantage que le gilet brodé, la bourse, le nœud d'épée que je lui offrais d'ordinaire. Je voulus faire un bouquet de bonnes œuvres... mais, pauvre fille que j'étais, comment y réussir?... Je m'occupai d'abord de ma sœur, la soignant, l'instruisant du peu que je savais moi-même avec plus d'assiduité, et j'eus bien à lutter contre mon cœur, car Blanche était, dans son premier âge, opiniâtre et difficile. Je persistai cependant... J'appris qu'il y avait au bout du hameau une pauvre veuve malade de faiblesse et de besoin... J'allai la voir et la trouvai plus misérable même qu'on ne me l'avait dit... elle avait deux fils, deux jumeaux, qui se disposaient à leur première communion; mais l'éloignement de l'église et les soins assidus que réclamait leur mère empêchaient ces enfants d'acquérir le degré d'instruction convenable. Pendant deux mois, accompagnée de Jeannette, la bonne et honnête fille d'un de nos métayers, j'allai voir régulièrement cette malheureuse famille. Je portai à la pauvre femme un peu de vin, un peu de bouillon, quelques œufs économisés sur mon repas, quelques restes dont je pouvais disposer; je lui faisais des tisanes avec les violettes et les fleurs de tilleul que j'avais ramassées dans les bois; j'arrangeai son lit, et pendant que Jeannette lavait le linge ou nettoyait la maison, je faisais le catéchisme aux deux garçons.... Bref, le jour de la fête arriva, et c'était aussi le jour de la première communion de *mes* enfants... Il vinrent endimanchés, radieux, superbes, me remercier et complimenter mon père, à qui ils apportaient deux bouquets que leur mère avait cueillis dans les champs, car elle était guérie et en état désormais de travailler pour sa famille. Blanche savait à merveille les vers que j'avais tâché de lui apprendre, elle avait fait des progrès... moi, je n'avais qu'une branche de roses à offrir à mon père, mais en lui présentant, je me jetai à son cou, et lui dit tout bas : « Papa, j'ai tâché de faire un peu de bien, afin de vous plaire, c'est là mon bouquet... il me serra fortement contre sa poitrine, et je sentis une larme rouler de ses yeux sur mon front.

O larmes, ô caresses de mon père, encouragez-moi toujours dans la voie du bien!

11 août 1792.

Oh! qu'ils sont loin les souvenirs des jours de bonheur! La guerre civile est autour de nous, elle a détruit tout ce que, dès l'enfance, nous étions accoutumés à vénérer. Le roi est captif au Temple, la religion est proscrite, et la fidélité au malheur est un arrêt de mort.... Un mortel effroi nous remplit.... que ferons-nous, seules et sans protecteur?.... Sans protecteur?.... il en est un... l'Eternel ami des hommes veille autour de nous, et nos anges tutélaires ne nous abandonnent pas....

17 août 1792.

Ce qu'il y a de cruel en ces jours de troubles, c'est l'universelle défiance, la crainte soupçonneuse qui glace les doux et fraternels rapports des hommes entre eux. Tous ceux qui nous entourent sont devenus pour nous un sujet de terreur; la délation semble assise au foyer domestique, et nous voyons des traîtres dans ceux qui mangent notre pain et boivent dans notre coupe... J'ai l'âme oppressée, et je n'ose dévoiler mes frayeurs à ma pauvre tante.

2 septembre 1792.

Hélas! ces craintes ne sont que trop justifiées! Marie-Anne vient d'accourir ici, tremblante, hors d'haleine, et en me voyant, elle m'a pris les mains, s'écriant : « Mademoiselle, il faut fuir! vous êtes dénoncée! Ce malheureux Bastien, votre domestique, est allé au club des cordeliers, et il a appelé sur vous la vengeance du peuple, parce que vous êtes *fanatique*, et parce que vous envoyez de l'argent à votre sœur émigrée.... Avant peu d'heures peut-être, on viendra vous saisir, on vous conduira à ces affreuses prisons, où l'on massacre tous les suspects, comme ils disent... Oh! mademoiselle, je vous en conjure! il est temps encore, fuyez! fuyez, avant qu'on vous prenne, avant qu'on vous tue... »

Et l'excellente fille, baignée de larmes, me pressait les mains, et priait, comme si elle eût prié pour sa propre vie.

« Marie-Anne, lui dis-je, d'où tenez-vous ces détails sur la conduite de Bastien ?

» Mon père l'a vu, mon père l'a entendu.... Il assiste à ces clubs, afin de ne pas devenir suspect, et de pouvoir parfois prévenir et sauver les gens menacés.... C'est un si honnête homme que mon père ! il m'a ordonné de vous avertir; il espère vous sauver...

— Comment !

— Un maraîcher qui fournit la halle, descend ordinairement chez nous... c'est un bon et brave homme, incapable de tromper.... Vous partiriez avec lui, cette nuit même, habillée en paysanne; il vous mènerait jusqu'en Picardie, et de là, dit mon père, vous pourriez facilement gagner Boulogne ou Calais... N'hésitez pas, je vous en supplie à genoux.... »

Et Marie-Anne tomba à mes pieds, en levant sur moi ses yeux suppliants.

« Vous délibérez, s'écria-t-elle, ô mademoiselle, voulez-vous mourir comme la pauvre princesse de Lamballe, dont on promenait, ce matin, la tête dans les rues?...

— Ma tante, dis-je avec angoisse, ma tante pourra-t-elle aussi se sauver ? »

Marie-Anne baissa les yeux.

« Elle est si infirme, répondit-elle enfin ; ce serait difficile, presque impossible, de la faire voyager sur une charrette, puis cheminer peut-être à pied et rapidement.... Franchement, mademoiselle, nous n'avons pensé qu'à vous, toujours si bonne pour nous... »

Ma résolution était prise : j'embrassai Marie-Anne, en lui disant :

« Si ma tante ne peut fuir, je ne fuirai pas non plus, son sort sera le mien.... Ne me pressez pas, chère Marie-Anne, votre cœur et votre conscience disent que j'ai raison. Mais cependant, comme Dieu nous ordonne le soin de notre propre conservation, il faut essayer de trouver un moyen de salut... »

Marie-Anne réfléchit pendant quelques instants ; elle avait compris mon refus.

« Madame la marquise marche-t-elle ?

— Oui, un peu, dans la chambre, soutenue par un bras....

— Cela suffirait, le danger donne des forces... Mademoiselle a-t-elle toujours la clef de la porte de derrière du jardin ?

— Oui.

— Eh bien ! ne pourriez-vous pas sortir par là, dans la nuit, lorsque les domestiques seront endormis ?

— Si... mais où aller ?

— Et ma tante du faubourg Saint-Marcel ?

— Quoi ! elle voudrait bien s'exposer ?...

— Oh ! mademoiselle, en doutez-vous ? Sa maison tout entière sera à vos ordres, si vous voulez bien l'accepter... Je cours chez elle, afin de la prévenir... A minuit et demi, je serai à la porte du jardin, et je vous avertirai en frappant cinq fois avec une clef sur le bois de la porte.

— Oh ! ma chère Marie-Anne, que de reconnaissance !...

— Vous plaisantez, mademoiselle, n'en feriez-vous pas autant pour moi ? ne sommes-nous pas chrétiennes pour nous aider ?

— Je vais prévenir ma tante.

— A ce soir. »

Je courus à la chambre de ma tante, heureuse, au milieu de ces périls de partager son sort et de n'abandonner en aucune circonstance la protectrice de ma jeunesse.

Je la prévins doucement ; et quelles que fussent mes précautions, le coup fut bien rude ! Rien dans sa vie n'avait pu la préparer à de tels événements ; elle n'avait connu que tranquillité, paix, richesse, considération, honneur, prérogatives non disputées, et tout à coup, à l'âge du repos et des infirmités, le sol manque sous ses pas.... Un affreux orage la poursuit... Elle perd en un jour, fortune, titres, priviléges, calmes et plaisirs de la vie.... Elle se voit menacée d'une mort violente, objet de la cruauté railleuse d'ennemis impitoyables qui ne l'ont jamais connue et qui vivent au milieu des flots de sang.

Affaissée, elle demeura en silence; des larmes roulèrent sur ses joues pâles, et elle dit enfin avec un long soupir :

« J'ai trop vécu! »

Je me mis à genoux auprès d'elle; je pris sa main, je la baisai. Elle tourna vers moi son regard désolé, et reprit :

» J'ai trop vécu..... pour moi-même, et pour toi, ma pauvre Christine..... Sans ta vieille tante, tu pourrais fuir et conserver ta vie pour un avenir meilleur..... mais tu veux te sacrifier pour moi!.....

— Jamais je ne vous quitterai! m'écriai-je; mais, si vous le voulez, nous pouvons être sauvées toutes deux? »

Je lui expliquai le plan formé avec Marie-Anne.

« A l'abri de dénonciation, lui dis-je en achevant, nous vivrons tranquilles, je vous servirai, je serai votre fille et votre servante..... Vous ne manquerez de rien..... Vous serez heureuse, et Dieu, qui nous verra résignées, bénira notre abandon à sa divine volonté.

— Fais ce que tu voudras, mon enfant, me répondit-elle; pour moi-même, il ne vaut pas la peine de vivre, et je ne consens à la fuite que parce que tu ne veux te sauver qu'avec moi..... Ah! pourquoi Blanche n'a-t-elle pas ton cœur? »

Elle soupira profondément, tant le souvenir de ma sœur lui est cher et pénible!

La soirée s'avançait; les domestiques se retirèrent; Bastien seul, me dit-on, n'était pas rentré. Retenu par le club, il comptait sans doute ne rentrer à l'hôtel qu'en maître, pour nous arrêter et saisir tout ce que nous possédions.

Quand tout fut calme, je commençai nos préparatifs. Ma tante me fit prendre dans son secrétaire le peu d'argent comptant qu'elle possédait et qui ne s'élevait pas à deux cents louis; je pris aussi quelques papiers. Nous ne pûmes songer à emporter aucun bijou: l'écrin de la marquise était confié aux soins de sa femme de chambre; il en était de même pour les vêtements. Je fis seulement un petit paquet de linge; je pris ma montre; je suspendis à mon cou ma croix d'ivoire, qui, le lendemain peut-être, aurait été profanée; je renfermai au fond d'un meuble, dans un tiroir secret, la statue de la sainte Vierge..... puisse-t-elle échapper aux recherches sacriléges!..... J'aidai ma tante à sortir de son lit, à s'habiller, et à minuit et demi nous nous disposâmes à partir..... Je jetai un dernier regard sur cette demeure où, pauvre orpheline, j'avais été jadis accueillie... Je dis adieu à la richesse, au repos, à la vie aisée et paisible; et j'embrassai en idée le travail et l'abnégation de l'avenir..... Avec mille difficultés, je parvins, sans faire de bruit, je parvins à conduire ma tante jusqu'au bas de l'escalier, jusqu'à la porte du jardin..... Là cinq coups frappés sur le bois nous avertirent..... J'ouvris la porte..... Mais il y eut un moment de cruelle angoisse..... la clef ne tournait pas..... et à la même minute tout l'hôtel retentit des coups violents frappés à la porte cochère... des lumières brillèrent aux fenêtres... Sans doute on venait pour nous arrêter..... « O Vierge sainte! m'écriai-je, sauvez-nous! » La clef tourna, et Marie-Anne s'élança au-devant de nous..... Elle prit mon bras et referma la porte..... ma tante fut soutenue, presque enlevée par le bras vigoureux du père de notre libératrice, et nous marchâmes, comme dans l'égarement d'un songe, entendant derrière nous des cris tumultueux, et voyant des lumières paraître et disparaître aux nombreuses fenêtres de l'hôtel..... On nous cherchait! Marie-Anne et son père nous conduisirent par des rues détournées que je ne connaissais pas; nous marchions vite; le vieux Pierre, voyant que ma tante ne pouvait plus se soutenir, l'avait prise dans ses bras et la portait comme un enfant. Nous ne rencontrions personne dans ces passages silencieux; mais nous entendions, dans les rues adjacentes, le chant des hordes avinées qui sortaient des clubs et qui redisaient la sinistre *Carmagnole*. Si en de pareils moments on n'avait pas le sentiment intime de la présence de Dieu, on mourrait d'effroi, on détournerait la tête d'une vie où tout n'est que terreur et dégoût..... En approchant du faubourg Saint-Marcel, de touchants souvenirs me revinrent: c'était là que, depuis les persécutions nouvelles, j'avais assisté au saint sacrifice et reçu la sainte communion. Je franchis avec joie le seuil de cette maison, où tant de grâces m'avaient été accordées..... La bonne et pieuse fruitière nous attendait..... Elle salua ma tante avec respect, et nous conduisit à une petite chambre assez propre, située au-dessus de la salle que j'avais vue, transformée en chapelle, et par conséquent au fond de la maison et à l'abri des regards curieux. Un lit entouré de rideaux, un lit de sangle, une table, un buffet, quelques chaises en formaient tout l'ameublement. Ma tante s'assit accablée; le vieux Pierre s'approchant d'elle lui dit d'un ton amical :

« Ne craignez rien, madame la marquise, vous êtes en sûreté..... Je me suis toujours laissé dire qu'on était plus seul et plus perdu à Paris que dans la forêt de Bondy... Personne ne viendra vous chercher ici..... D'ailleurs, révérence gardée, on en veut moins à votre personne qu'à vos biens..... et si Bastien et ses bons amis parviennent à mettre la patte sur quelques débris de votre fortune, ils ne courront pas après vous... Soyez tranquille, vous êtes ici avec d'honnêtes gens, et il y a un Dieu au-dessus de nous. »

Cette harangue, qui rassura un peu ma tante, me fit un plaisir extrême, et je trouvai, je l'avoue, plus de sympathie dans les discours de Pierre, de Jeannette et de Mme Ribault la fruitière, tous si honnêtes, si bons chrétiens, que je n'en avais rencontré jadis chez les beaux-esprits et les encyclopédistes qui se rassemblaient dans les salons de la marquise d'Hélon. Vivement touchée, je serrai la grosse main de Pierre, et je passai au doigt de Jeannette une petite bague d'or, dont le châton représentait une croix, une ancre et un cœur. J'espère qu'un jour elle pourra porter sans crainte ces emblèmes proscrits aujourd'hui..... Nos sauveurs nous quittèrent; j'aidai ma tante à se mettre au lit, et je m'étendis tout habillée sur le lit de sangle, tantôt remerciant Dieu, tantôt le priant, ou pour ma sœur ou nos amis exilés, ou pour ces pauvres captifs qui, peut-être, ne verront pas se coucher le soleil de demain.....

14 septembre 1792.

Nous nous habituons à notre rustique logis, heureuses, mille fois heureuses d'avoir trouvé le calme au sein de cette grande ville pleine de meurtres et d'abominations. Mme Ribault, vivant depuis longues années, toujours seule et sans admettre personne dans son intimité, peut facilement nous cacher au fond de sa maison, sans qu'on se doute que le grenier destiné jadis à abriter des pois secs et des haricots de Soissons renferme aujourd'hui deux proscrites. Elle nous fait nos repas et ne veut accepter que le plus médiocre salaire. Cependant, comme les scellés ont été apposés sur les biens de ma tante, et que nous n'avons pu emporter avec nous qu'une somme bien minime, j'ai cru devoir chercher du travail, afin que ma bonne tante ne ressente pas trop rudement le changement apporté à sa fortune. Marie-Anne a acheté ce qu'il me faut pour broder et pour peindre, et elle ira vendre mes ouvrages, dont le produit servira à procurer à ma chère bienfaitrice les remèdes dont elle a besoin, les recherches dont elle a l'habitude. Ce travail, d'ailleurs, éloigne de moi l'ennui, qui pourrait suivre une si longue et si triste réclusion. Je brode, je peins, je lis un peu l'*Imitation* et les saints Evangiles, que j'ai pris soin d'emporter en fuyant; je cause avec ma tante, je l'écoute, je la soigne, je prie le bon Dieu, et les jours passent.... Ma chambre, c'est tour à tour une cellule où je me suis enfermée volontairement, une prison où je suis par la volonté de mon Dieu, — et prison ou cellule, je l'accepte également.

Octobre 1792.

Je n'oserais pas dire au papier tout ce qui se passe de cruautés impies, tout ce qui se célèbre de fêtes sanguinaires... je craindrais que ma pensée n'en fût souillée... La plupart de nos amis ont disparu dans cette horrible tempête, et de tous ceux qui venaient aux soupers du mardi, chez ma tante, il ne demeure que nous deux et Blanche maintenant fugitive. Les communications sont interrompues; nous n'avons aucune nouvelle des émigrés : une lettre envoyée ou reçue, décachetée aux frontières, pourrait être notre arrêt de mort... Privée des consolations religieuses, des douceurs de la société, sevrée même de l'air et de la vue du ciel, je succomberais à la tristesse, si je n'avais Dieu et le devoir.... Le devoir ! oh ! quel salutaire appui Dieu a donné à l'homme en lui imposant des devoirs... ils sont un frein, une règle, un soutien, une joie; ils savent rendre supportable la vie et douce la mort même.... Ma tante m'appelle... cette voix chérie est un talisman qui bannit le chagrin de mon cœur.

Novembre 1792.

Je travaille, et mon salaire suffit presque à nos besoins. Je peins beaucoup : des écrans, des éventails, des boîtes, sur lesquels je reproduis à plaisir, les emblèmes de la république romaine, la hache, les faisceaux, les couronnes civiques; mais j'ai absolument résolu de ne reproduire aucun symbole impur, aucun symbole d'impiété. Plutôt briser mes pinceaux, plutôt mourir de faim! et cependant Dieu sait combien il m'est doux d'offrir à ma tante quelques bagatelles achetées avec le prix de ce travail. Je suis vraiment heureuse lorsque je lui sers une aile de poularde, des conserves, des oranges, que Mme Ribault est allée acheter loin du quartier, avec des détours, des marches, des contre-marches, qui auraient fait honneur à un vieux diplomate.... Mais en dehors, une pensée plus grave m'occupe... oh! si ma tante si bonne, si patiente en ses malheurs, voulait se rapprocher de Dieu!

Novembre 1792.

L'hôtel d'Hélon, mis en vente, a été acquis à vil prix par Bastien, enrichi, dit-on, par des pilleries de mille espèces. Adieu, noble demeure, jardin où j'ai tant rêvé, petite chambre, modeste oratoire où j'ai tant prié, adieu! je ne vous regrette pas pour moi; mais toujours je conserverai un bienveillant souvenir des lieux qui m'ont reçue, pauvre et délaissée; puissent-ils abriter désormais des êtres innocents et vertueux!

Ma tante a reçu cette nouvelle avec douleur; on lui enlève les souvenirs de cinquante ans, renfermés dans ces murs, où elle fut amenée par son époux, jeune et brillante, et où elle comptait mourir en paix. Cependant son cœur est si doux que pas une parole de haine et de mépris contre l'ingrat Bastien n'est sortie de ses lèvres.

Décembre 1792.

La grande salle du bas nous sert de chapelle, mais nous avons bien rarement le bonheur d'assister au divin sacrifice. Presque tous les prêtres sont morts ou fugitifs... celui qui jadis célébrait ici a été massacré à la prison des Carmes. Cependant la pieuse Mme Ribault, à force de recherches, est parvenue à découvrir un de ces dignes ministres du Seigneur, qui, la nuit de Noël, viendra offrir les saints mystères dans cette humble maison. Notre hôtesse a averti en secret quelques amis chrétiens qui participeront à notre bonheur. J'attends cet heureux jour avec la plus vive impatience.

Décembre 1792.

J'ai instruit ma tante de l'heureux événement dont notre maison va être honorée... je parlais avec feu.

« Vous êtes heureuse, Christine, m'a-t-elle dit, de croire et de pratiquer...

» — Oh ! bien heureuse, ma tante.

» — J'ai eu longtemps des préjugés contre les pratiques pieuses, mais vous me convertiriez.... car je le vois, vos vertus, votre courage ont leur source dans votre foi.

— Oh! ma chère tante, combien ne trouveriez-vous pas de douceur dans ces pratiques si consolantes, si vous vouliez bien vous unir à nous !

— J'assisterai à la messe, mais n'en demandez pas davantage, et priez pour moi ! »

Je n'ai rien ajouté, mais j'espère. O mon Dieu, ô mon Roi ! vous ne me refuserez pas la grâce d'une âme si chère ! je ne puis acquitter la dette de la reconnaissance que par d'humbles prières ; mais vous daignerez les entendre, et envoyer à ma tante l'Esprit de sagesse et de foi, le Maître intérieur, qui agit et opère si admirablement en nous ! Un verre d'eau donné en votre nom ne demeurera pas sans récompense... que sera-ce donc, Seigneur, d'un généreux bienfait, d'une noble et maternelle protection exercée envers deux orphelines? Vous paierez cette bonne œuvre par le don de la foi... telle est mon espérance, Seigneur, et vous ne la tromperez point !

26 décembre 1792.

Etable de Bethléem, crèche rustique, murs pauvres et nus, je vous ai vus hier, lorsque le plus auguste des sacrifices fut célébré dans cette humble demeure. Prosternée aux pieds de l'indigent autel, avec quel profond attendrissement n'ai-je pas murmuré à demi voix le *Noël* antique qui, jadis, à pareille heure, retentissait dans toutes les églises des Gaules !

Adeste, fideles, læti, triumphantes,
Venite, venite in Bethleem !

Je pleurais d'attendrissement... Oh ! que la religion nous devient chère, alors que pour la pratiquer nous devons exposer notre vie... Dieu, qui ne se laisse pas vaincre en générosité, récompense amplement le péril qu'on embrasse pour lui...

Janvier 1793.

Je n'écris presque plus : trop de choses désolantes se passent autour de nous, et la plume se lasse à retracer ces scènes d'horreur... Je travaille et je prie... ma tante s'afflige et s'indigne... Quelquefois les souvenirs de Saint-Cyr me reviennent, et je murmure les vers harmonieux d'Esther :

> Des offenses d'autrui malheureuses victimes,
> Que nous servent, hélas! ces regrets superflus?
> Nos pères ont péché, nos pères ne sont plus,
> Et nous portons la peine de leurs crimes!

O temps si loin de nous! jours de repos, d'innocence, de calme religieux, jours heureux et paisibles, ne reviendrez-vous jamais ?

Je ne reprendrai la plume que lorsque j'aurai une bonne nouvelle à retracer.

Avril 1793.

Aujourd'hui tout Paris célébrait la fête de la *Raison*. Dès le matin, on entendait les tambours et les chants patriotiques ; le peuple se portait en foule vers le temple de la déesse... et ce temple, c'est l'église de nos aïeux, c'est Notre-Dame de Paris, et la sacrilége déité qu'on place sur l'autel, c'est une créature infame, avilie! Grand Dieu! sur le même autel où la Victime sainte a tant de fois daigné descendre, la dernière des femmes ose usurper la place du Verbe fait chair! Lorsque, au réveil, cette pensée frappa mon esprit, un frisson d'effroi parcourut mes membres, et me jetant à genoux, le front contre terre, je ne pus qu'adorer mon Dieu et conjurer sa miséricorde pour ces âmes égarées. La voix de ma tante m'interrompit: je courus à son lit... elle était assise, pâle, le regard étincelant. Elle me prit la main, et me dit avec une vivacité étrangère à ses habitudes :

« Christine, vous m'aimez!

— Oh! ma tante!

— Eh bien! il faut me chercher un prêtre! je veux me confesser, je veux revenir à Dieu dans ce jour où on l'outrage, et réparer, autant que je le puis, de pareilles abominations. Oses-tu courir le risque d'aller me chercher un confesseur?

— Sans nulle crainte, ma tante! j'y vole à l'instant! »

Je la quittai, émue de joie et d'admiration pour les voies cachées de la Providence. Au bout de ce faubourg, sous le nom et le déguisement d'un pauvre ouvrier horloger, demeure l'abbé N***, qui a voulu, en dépit du péril, rester à Paris, afin de pouvoir porter à ses frères en Dieu les derniers secours de la religion, afin que tant d'âmes restées fidèles au sein de l'impiété publique pussent se nourrir, dans leurs angoisses, du Pain des forts et du Vin céleste qui réjouit le cœur. C'est ce saint homme que je courus chercher. Je demandai à sa porte Anselme l'horloger; on me laissa monter, et je trouvai le vénérable prêtre dans une petite mansarde, sous les toits, qui n'avait pour meubles que deux chaises, une table, un grabat et un établi d'horloger. (J'ai appris depuis que l'abbé avait exercé ce métier dans sa jeunesse pour s'amuser, et qu'il le connaissait assez bien pour y trouver des moyens d'existence pour lui-même dépoullié de tout, des ressources pour les pauvres qu'il aime, et un passe-port contre les investigations de la police.) Aussitôt que je lui eus expliqué le but de ma visite, il me dit :

« Je suis prêt à vous suivre.

— Vous avez, mon père ce qu'il vous faut? me hasardai-je à lui dire.

— Tout est là, me dit-il en montrant sous son habit une bourse rouge qu'il portait cachée sur sa poitrine. Je viens d'administrer un mourant. Voyez, ma fille, combien Dieu est bon : ce pauvre malheureux, égaré par de perfides conseils, avait massacré nobles et prêtres aux journées de septembre; il s'était baigné dans le sang à plaisir. Tombé malade, sombre, désespéré, il refusait tout secours, lorque sa femme, demeurée chrétienne, m'amena auprès de lui. A mon aspect, il frémit, il étendit sa main vers moi, en s'écriant : Eloignez-vous !... Il n'y a plus pour moi de miséricorde ! ce bras a massacré un grand nombre de prêtres ! Je courus vers cet infortuné, et je m'écriai : Bénissez Dieu, mon fils, qui en a laissé un pour vous absoudre [1]. A ce mot, parti de mon cœur, son effroi se dissipa, une sainte confiance naquit dans son âme, et une heure après, il expirait entre mes bras pardonné de Celui qui promit le paradis au larron pénitent.

— Oh ! oui, Dieu est bon ! répondis-je.

Nous parlions ainsi à demi-voix, dans la rue, au milieu des groupes, sinistres jusqu'en leur gaieté, qui se dirigeaient bruyamment vers Notre-Dame, afin de prendre part aux saturnales qui s'y célébraient. L'abbé et moi nous ne pouvions attirer l'attention, car nous étions habillés comme de pauvres ouvriers. Arrivés chez Mme Ribault, je conduisis M. N*** auprès de ma tante, et je me retirai ausitôt. Réfugiée auprès de notre bonne hôtesse, je la priai de se joindre à moi pour remercier le Seigneur d'une grâce si inespérée, et nous récitâmes le *Magnificat*.

[1] Historique.

Au bout d'une demi-heure, l'abbé vint vers nous; il avait l'air touché, et il me dit :

« Venez, mademoiselle, venez jouir du fruit de vos prières. »

Je courus à la chambre de ma tante, elle était assise sur son lit, les mains jointes et les yeux baissés; sa physionomie portait l'empreinte d'un calme parfait, d'un recueillement angélique. Elle m'entendit, et me tendit la main :

« O ma chère Christine! s'écria-t-elle, c'est à vous que je dois ce bonheur! vous avez tant prié pour moi! »

Je fondais en larmes, mais je ne pus parler, car M. l'abbé tirait de la custode l'Hostie consacrée, et, s'approchant de ma tante, il lui dit avec la majesté d'un saint :

« Croyez-vous?

— Oui, répondit-elle, je crois de tout mon cœur, et je désavoue les erreurs d'une vie paseée dans le monde, au sein des plaisirs et loin de Dieu! Je prie le Seigneur ici présent de bénir cette enfant, qui, par ses vertus, ses exemples et ses prières, m'a ramenée à lui! »

Je me mourais de confusion et de joie, et je ne pouvais que renvoyer à Dieu, dans le secret de mon cœur, des éloges trop peu mérités. Ma tante, après avoir communié, demeura longtemps recueillie, et toute cette belle journée s'est passée à parler des miséricordes du Seigneur.

Mai 1793.

M. l'abbé N*** est venu nous voir aujourd'hui, et après quelques réflexions sur les événements publics, il dit :

« La Vendée seule résiste, et dépense, dans une lutte inutile, plus d'héroïsme et plus de sang qu'il n'en faudrait pour consolider un royaume. Quel spectacle que celui de cette noble jeunesse impitoyablement fauchée ! Nous pouvons dire comme David : Comment, hélas ! tant de vaillants hommes sont-ils morts ?

» Voici, continua-t-il en tirant de son portefeuille une grosse lettre écrite sur de mauvais papier, voici le dernier souvenir d'un brillant jeune homme, martyr de ces funestes dissensions; et, je le crois, ni son nom ni sa personne ne vous étaient étrangers. »

Il mit sous nos yeux la signature de cette lettre, et nous lûmes : *Henri de Méran*.

« C'était un parent éloigné de mon frère, dit

ma tante, et l'héritier par substitution de son patrimoine. Ma nièce et moi ne le connaissions que de nom.

— Et moi, dit l'abbé, qui, jadis au collége de Poitiers, avait été son guide et son instituteur, je savais tout ce que promettait sa jeunesse, tout ce que son âme renfermait de chaleureuses vertus... Je le pleure, mais en adorant les desseins mystérieux d'une Providence paternelle, qui enlève ses élus à la contagion du siècle, et marque les têtes les plus pures comme des victimes capables de désarmer sa justice irritée. Mais lisez, madame, lisez cette lettre, qui m'est parvenue aujourd'hui par une main étrangère.

Je lus à haute voix :

« Mon Père en Jésus-Christ,

» J'ignore si cette lettre vous parviendra, et c'est à la bonté de la Providence que je confie ces lignes ; dernier élan de mon cœur qui toujours s'est confié au vôtre. Vous savez que dès le jour où, dans ce pays de liberté, la religion s'est vue opprimée, j'ai cru devoir prendre les armes et marcher à la tête de mes paysans, qu'irritaient et la proscription des prêtres et le nouveau mode de recrutement. Le Poitou presque tout entier était soulevé et vous connaissez les noms vraiment héroïques de nos chefs, de Cathelineau, le saint de l'Anjou, Stofflet, d'Elbée, Lescure, Bonchamp, noms à qui la gloire manquera moins que le succès. Je joignis avec une petite bande l'armée catholique et royale, et je fis de mon mieux pour le service d'une cause à laquelle mes ancêtres ont donné sang et fortune. Je n'ai pas besoin de vous en dire davantage à ce sujet... Je servais sous les ordres de Cathelineau, quand il y a huit jours, près de Thouars, je fus grièvement blessé à l'épaule. Nos paysans étaient égarés derrière les hais; ils ne me virent pas tomber, et peu de temps après, cédant à une force numérique très-supérieure, ils abandonnèrent aux *bleus* le champ de bataille, mais non sans avoir laissé des marques terribles de leur adresse et de leur intrépidité. Un pli de terrain me déroba à tous les regards, et je restai dans cette lande déserte, épuisé, mourant de fièvre et de douleur. Je m'évanouis, et quand je revins à moi, je me trouvai couché dans un lit dont les rideaux de serge étaient fermés. La main d'une vieille femme les entr'ouvrit, elle me présenta à boire; je revins à moi, et j'appris que j'étais dans la chaumière d'un pauvre paysan fidèle à son Dieu et à son roi. — Nos trois fils ont rejoint M. Stofflet, me dit la paysanne ; mon homme est trop vieux pour faire le coup de fusil avec les enfants, mais il tâche de leur rendre service autant qu'il peut. Ayant appris qu'on s'était battu un brin aujourd'hui, il est allé voir, et il vous a trouvé plus mort que vif. En rentrant il me dit : — Femme, voilà un monsieur *des nôtres*. Tiens, il porte un Sacré-Cœur sur la poitrine. — Nous étions bien contents de vous avoir, et vous serez soigné chez nous comme si vous étiez notre fils ; car tous les bons chrétiens doivent s'aider. »

» J'étais d'autant plus touché de ce discours, que je voyais combien cette femme et son mari étaient vieux et pauvres. J'étais couché dans l'unique lit de la maison, on m'entourait de soins, d'attentions, mes généreux hôtes ne semblaient pas se douter combien ma présence pouvait être dangereuse.

» Le second jour, ma vieille hôtesse était auprès de moi lorsqu'on frappa à la porte à coups pressés. Elle pâlit et s'écria : « Serait-ce les *bleus ?* » Et comme les coups redoublaient, menaçant de jeter bas la porte, elle descendit précipitamment. Le bruit des paroles monta jusqu'à moi : c'étaient en effet des soldats républicains qui venaient fouiller la chaumière, où l'on croyait que quelque royaliste s'était caché.

» Mon parti fut bientôt pris; je voulais avant tout sauver mes bons et généreux hôtes. Je me levai comme je pus; j'ouvris la fenêtre peu élevée qui donnait sur un chemin désert, et malgré ma blessure, malgré ma faiblesse, j'arrivai assez heureusement à terre. Mais ce n'était pas tout : il fallait m'éloigner de la maison hospitalière, à qui ma présence pouvait devenir si funeste... Je franchis une haie ; je traversai, sans être vu, une terre labourée ; je passai un ruisseau, et mourant, épuisé, je tombai sur l'autre rive. J'étais hors d'état d'aller plus loin, et mon sacrifice était fait. Des soldats républicains, qui battaient le pays, me découvrirent, et, m'attachant à la queue d'un cheval, ils m'amenèrent à Thouars. J'appris par leurs discours que mes vieux hôtes avaient eu la vie sauve, et en voyant de loin la chaumière qui m'avait abrité, je lui envoyai une dernière bénédiction, un dernier adieu.

» Je suis depuis hier dans la prison de Thouars avec deux prêtres et quelques soldats vendéens. Demain matin je serai guillotiné ; mais, comme ma conscience est satisfaite, que j'espère avoir le bonheur d'être en grâce avec Dieu par une sincère confession, je suis parfaitement tranquille.

» Mon père, en ces jours de révolution, la vie est profondément triste ; les mauvaises passions qui surgissent, dégoûtent un cœur loyal de l'existence, et ce n'est qu'avec un sentiment d'horreur qu'on peut regarder au fond de ce gouffre où s'agite la turpitude humaine. Comment, d'ailleurs, regretter la vie, lorsqu'on songe à l'éternité ! Homme et pécheur, je devrais trembler ; mais chrétien, racheté, lavé mille fois par le sang d'un Dieu, j'aime et j'espère. Demain, à pareille heure, je serai dans le sein de mon Créateur, heureux d'une félicité sans mesure, et fort d'une telle espérance, j'ose dire à la mort : « Où est ta victoire, ô mort ! où est ton aiguillon ?... »

» Pour vous faire juger du calme que je goûte, je vous envoie quelques vers que j'ai écrits, et qui vous rappelleront les temps plus heureux où vous guidiez ma muse novice. Je confie cette lettre au geôlier de notre prison, qui paraît être un honnête homme. Je lui remets également ma montre pour la donner à mes vieux hôtes. S'il accomplit mes désirs, puisse Dieu être sa récompense ! Mes biens sont vendus, je meurs pauvre, heureux d'avoir cette ressemblance avec mon divin Sauveur.

» Adieu, mon ami, mon guide, vous qui m'avez

tenu lieu de père lorsque le Ciel m'enleva le mien ; adieu, bénissez votre fils et votre élève, qui, prêt à mourir, vous aime encore de toute la chaleur de son cœur. A Dieu !...»

HENRI DE MÉRAN.

Le Songe du Prisonnier.

C'était pendant ces jours de farouche puissance,
Quand la pâle terreur seule régnait en France
Et trônait dans Paris au deuil abandonné :
Au beffroi de l'histoire une fatale hégire
Pour nos princes marquait la fin de leur empire :
Quatre-vingt-treize avait sonné !

Devant ce tribunal aux arrêts implacables,
Qui jugeait tour à tour, innocents ou coupables,
Ceux dont le sort avait séparé les berceaux,
Et, par son immuable et terrible sentence,
Du noble au plébéien nivelait la distance
Et, bien plus que la loi, faisait les rangs égaux ;

Devant ce tribunal, un jeune homme au front mâle,
Ferme, avait entendu la sentence fatale ;
Son crime était celui des plus nobles esprits :
Car il avait ouvert la maison de ses pères,
Car il avait tendu ses mains hospitalières
Aux pas errants de deux proscrits.

Il était résigné. Quand la nuit fut venue,
On le renferma seul dans une chambre nue,

Sans prêtres, sans ami, sans terrestres secours,
N'ayant d'autre témoin que sa lampe nocturne,
D'autre bruit que son cœur qui vibrait taciturne
Et semblait mesurer le dernier de ses jours.

Alors il regretta sa jeunesse fauchée
Et de ses courts plaisirs la sève desséchée,
Il se pleura lui-même, et puis vint à penser
Qu'il avait déjà vu se fermer sur la terre
Plus d'un regard ami ; que plus d'une âme chère
Etait allée aux bords qu'il devait dépasser.

Comme une voix d'en haut mollement cadencée,
La prière assoupit le flux de sa pensée
Et le rendit plus fort pour son dernier combat;
Et, pour mieux rafraîchir sa tempe encor brûlante,
Il chercha du repos la douceur consolante
Et pencha son front nu sur l'immonde grabat.

Bientôt il s'endormit, et jamais dans ses veines
La nuit n'avait versé plus frais oubli des peines,
Et le drame du jour, celui du lendemain
N'était qu'un souvenir faible, confus et vain.
Non, l'Orient rêveur, dans son nectar funeste,
N'avait jamais puisé de repos plus céleste;
Non, jamais le chasseur, sous l'ombrage mouvant,
Plus calme ne dormit au murmure du vent,
Jamais le jeune enfant, le rire sur la bouche,
De songes plus riants ne vit bercer sa couche;
Non, jamais le sommeil, ce frère de la mort,
Sous de plus belles fleurs ne déroba le sort!

Le prisonnier rêvait. Son errante pensée
Par mille objets divers fut longtemps caressée;
Enfin il lui sembla que sur des bords lointains,
Il parcourait, ravi, de célestes jardins.

L'aurore se levait sur des cimes chenues
Et montrait à ses yeux ces rives inconnues :
Byzance et Naple avaient dépouillé leurs trésors,
L'Asie et l'Alhambra confondu leurs efforts
Pour embellir ces lieux de leurs splendeurs féeriques:
Le palmier s'unissait aux chênes druidiques;
La liane enlacée aux souples églantiers
De leurs parfums jumeaux embaumait les sentiers;
Sur le bord des gazons, des ondes jaillissantes,
En courant sur les rocs, murmuraient caressantes
Des paroles sans nom, et semblaient au soleil
Les riches diamants d'un écrin sans pareil.
Plus loin, le colibri se jouait sous la feuille
Où notre rossignol pour chanter se recueille,
Et le daim se couchait sous les ombrages verts
Aux pieds de l'antilope, enfant des fiers déserts.

Le jeune prisonnier errait à l'aventure,
Tantôt, se dérobant sous la ramée obscure,
Tantôt, mouillant ses pieds à l'écume des flots,
Où cueillant une fleur qui pendait sur les eaux,
Alors qu'il lui sembla que, du fond des allées,
Des grottes aux flancs bruns par les rameaux voilées,
Il voyait s'avancer, en lui tendant les bras,
Ceux qu'il avait aimés et perdus ici-bas.
Est-ce un prestige, ou bien, ombres idolâtrées,
Est-ce vous qu'il retrouve en ces douces contrées ?
Frères, amis, parents, endormis au Seigneur,
C'est donc vous qu'il retrouve au séjour du bonheur!
Oui, c'est vous qui planez sur le velours des mousses!
Oui, c'est vous qui parlez avec des voix si douces!
« Nous t'avons attendu! te voilà donc enfin!
Viens goûter un bonheur qui n'aura point de fin! »
Sa mère s'approchait avec un doux sourire,

Et sur ses traits rêveurs semblait chercher à lire,
Murmurant à demi : « Mon enfant a souffert,
Mais enfin à ses pas l'oasis s'est ouvert!
Viens oublier la vie aux douleurs fugitives,
Viens, et bois à longs traits à ces fontaines vives,
Où le Christ, le Sauveur conduit tous ses élus,
Viens aux cieux, où le mal jamais n'entrera plus,
Viens; mon fils, Dieu t'appelle! » Et soudain le doux rêve
Pâlit comme un brouillard que le soleil enlève,
Une blanche clarté sur lui tomba d'en haut :
Le jour s'était levé — le jour de l'échafaud?

Le captif s'éveilla de son erreur divine,
Mais nul regret tardif ne brisa sa poitrine,
Il était désormais plus tranquille et plus fort,
Car il avait compris le charme de la mort!
. . . .

Ainsi finissait cette lettre ; nous pleurions tous trois. Le jour de l'échafaud s'est levé, et sans doute aussi le jour des promesses divines pour ce noble jeune homme. Le nom de mon père s'est généreusement éteint. Gloire à Dieu !

Juin 1793.

En dépit des malheurs publics, de nos propres dangers, de la pauvreté qui nous menace, du renversement de la fortune et des habitudes, je suis presque heureuse par l'entier retour de ma tante vers Dieu. Cachées sous cet humble toit, nous vivons dans la paix la plus profonde... Ainsi l'alcion repose tranquille dans son nid qu'entourent les flots furieux.... J'ai écrit à Blanche, en prenant toutes les précautions que la prudence peut suggérer... nous attendons impatiemment de ses nouvelles.

Août 1793.

Enfin, Blanche m'a répondu : elle est, grâce au Ciel, bien moins malheureuse que je ne le craignais. Mme d'Epinoy a trouvé chez une de ses anciennes amies, en Hanovre, une généreuse et brillante hospitalité. Blanche la partage, et même, elle me parle de quelques fêtes auxquelles elle a assistée... oh ! que ce mot fête m'a semblé en désaccord avec les malheurs de la patrie et avec les sentiments qui remplissent mon propre cœur ! car si nous avons le calme, nous sommes bien loin pourtant de la joie, et nous nous trouvons plus près des larmes que du sourire. J'ai jeté les yeux autour de moi, sur cette pauvre chambre, sur ce métier, ces pinceaux, insignes d'un travail nécessaire, sur ma tante, toujours si souffrante, et la lettre de ma sœur m'a fait mal comme une note discordante. J'ai laissé ce papier et j'ai repris ma tâche. Si j'ose le dire, je préfère mon travail à leurs fêtes, mes larmes à leurs plaisirs.

. . . .

Janvier 1794.

Pourtant la pauvreté s'approche de nous ; bientôt peut-être nous en ressentirons les étreintes que mes faibles labeurs seront impuissants à repousser. Mais non ! je souffrirai, je m'exténuerai ; ma tante ne manquera point, en sa vieillesse et ses infirmités, d'une partie de ces biens qu'elle prodigua jadis à notre délaissement. Vouloir c'est pouvoir ; et je *veux* acquitter ma dette.

Juillet 1794 [1].

Des jours plus heureux se lèvent pour la France ; les nombreux tyrans qui l'opprimaient ne sont plus... nous respirons comme si un poids suffocant

[1] Nous avons supprimé de nombreux passages de ce journal ; tous exprimaient résignation, piété, amour du travail.

eût été enlevé de notre poitrine haletante... moins exposées, n'ayant plus sans cesse sous les yeux la prison et l'échafaud, notre position cependant, sous bien des rapports, demeure la même... Nos amis sont morts ou en fuite, nos biens vendus ou sous le sequestre... Patience! le travail, au moins, ne me manque pas...

Octobre 1794.

Blanche m'a écrit.... elle me dit qu'un des chefs du gouvernement actuel, se trouve être un ancien ami, un allié de Mme d'Epinoy, et sous ses auspices, elle compte rentrer en France et même recouvrer une partie de ses biens. Blanche l'accompagnera... A ces mots, le regard de ma tante, éteint par ses longues souffrances, s'est ranimé, et j'ai lu sur ses traits la tendresse qu'elle nourrit pour ma sœur, l'image de sa jeunesse, l'enfant dont la gaieté folâtre a jeté comme un dernier rayon sur sa vie... Cette tendresse première, dont j'aurais fait mon bonheur, je n'ai jamais pu parvenir à la posséder... travaillons encore pour la mériter... J'ai reçu des nouvelles de ma chère Natalie : un mariage heureux la fixe en Sardaigne.... je ne la reverrai plus, je l'aimerai toujours...

Décembre 1794.

Blanche est arrivée.... elle est telle que je l'ai connue autrefois... hélas! quatre années d'absence ont fait grandir ce point noir qui ternissait son cœur... Arrivée de la surveille, elle est venue nous voir; elle m'a froidement embrassée, et s'est approchée, les yeux secs du lit de ma tante, qui l'attendait les bras ouverts, et des paroles d'affection, d'indulgente douceur sur les lèvres. Blanche l'a embrassée en la câlinant un peu, et après les premières questions, les premières effusions du retour, elle s'est récriée sur l'aspect triste et désagréable de la chambre que nous habitons. Ma tante lui a répondu alors :

« Cette chambre, qui vous paraît si maussade, a été pour nous l'asile le plus sûr, et j'y ai trouvé, ma nièce, les soins dévoués de Christine et les consolations religieuses que son zèle et sa piété m'ont procurées.

— A la bonne heure! » répondit froidement ma sœur. Au bout d'une demi-heure, elle nous quitta, et me dit, lorsque je la conduisis, que Mme d'Epinoy ne voulait pas se séparer d'elle, et comme je la félicitais d'avoir su acquérir une affection si précieuse et si rare, elle me répondit avec un sourire qui me fit mal :

« Elle m'est utile et je l'amuse voilà tout. »

Pauvre, pauvre Blanche !

Février 1795.

Mme d'Epinoy, après nous avoir offert plusieurs fois des services d'argent, que j'ai cru devoir refuser, puisque, grâce au Ciel, mon travail suffit aux besoins et même aux fantaisies de ma bonne tante, Mme d'Epinoy, dis-je, a trouvé un autre moyen de nous prouver son zèle. Elle a découvert, à force de démarches, qu'une partie de la forêt de Champmartin, appartenant à ma tante, n'avait pas trouvé d'acquéreurs, et elle espère, par son crédit et ses bons offices, parvenir à faire restituer à la marquise ce lambeau de sa fortune passée. Je le désire pour ma tante...

Pour moi, vous le savez, Seigneur, le bonheur n'est pas là; il n'est, il ne peut être que dans votre saint amour, qui, depuis tant d'années, est mon seul bien, mon unique consolation.

Mars 1795.

Ma tante est rentrée en possession de son bien, et nous avons quitté le pauvre faubourg Saint-Marcel pour un bel appartement de la rue du Regard. Combien n'ai-je pas regretté la bonne, la pieuse Mme Ribault, sa maison si calme et si sainte, cette chambre où j'ai tant prié, tant souffert, tant travaillé, tant veillé !... O nuits plus douces que le jour ! quand la grande ville, lasse de son labeur sanglant, était endormie, quand ma pauvre tante avait enfin trouvé le repos, je brodais, je peignais, heureuse de lui être utile, heureuse d'accomplir un saint devoir et de m'entretenir, dans le silence de mon âme, avec ce Dieu si bon qui compte et apprécie chacun de nos efforts...

Ma tante a offert un riche cadeau à Mme Ribault; mais celle-ci, tout attendrie, lui a répondu :

« Madame, si vous vouliez bien donner à la femme du pauvre couvreur, qui est si malade, ce que vous me destinez, je le compterais comme fait à moi-même... »

Voilà la vraie charité, celle du Seigneur et de ses vrais disciples, celle qui regarde comme fait à soi-même le bien qu'on fait aux autres, qui en est joyeuse et reconnaissante... Une nation n'est pas condamnée sans retour, quand il s'y trouve d'aussi nobles cœurs.

Mars 1795.

Ma chère tante s'affaiblit beaucoup; je n'ose presque plus nourrir l'espoir de la conserver... elle semble n'avoir recouvré une portion de sa fortune que pour avoir le mérite d'en faire un sacrifice à Dieu... Grâce à la divine bonté, elle sert le Seigneur, elle l'aime et se résigne en tout à sa très-haute et très-aimable volonté.

Mars 1795.

Blanche, qui nous avait presque abandonnées, nous visite plus souvent depuis quelques jours...

ma tante la voit avec joie.... Elle m'a avertie aujourd'hui que Mme d'Epinoy viendra me prendre sous peu de jours, afin d'aller solliciter je ne sais quelle puissance, pour le recouvrement d'une ferme située en Beauce et qui appartenait au marquis d'Hélon...

Avril 1795.

Ma tante paraît triste, inquiète, depuis peu de jours. Elle me regarde avec un air douloureux qui me navre, et ne répond à mes questions inquiètes que par des pleurs... Quel nouveau malheur nous menace, mon Dieu!

Avril 1795.

Ce matin ma pauvre tante m'a fait approcher de son lit, et pressant une de mes deux mains, elle m'a dit d'une voix entrecoupée par des sanglots :

« Ma fille, j'ai un pardon à solliciter de vous....

— Oh! ma tante, vous?

— Oui, moi, qui, pauvre, faible, vieille, ai oublié tes soins, tes respects, ta tendresse, et donné à une ingrate les biens qui te revenaient !

— Ma tante, que voulez-vous dire ?... vous m'aimez toujours ! »

A ce mot ma chère et vénérable amie appuya son front sur mon épaule, et je sentis les larmes amères qui sillonnaient ses joues rouler sur mes mains. Je l'embrassai tendrement, et elle reprit :

« Mon enfant, ma fille unique, la plus respectueuse des filles, combien je t'ai mal récompensée ! Ecoute et pardonne-moi. Il y a peu de jours, lorsque tu fus sortie pour faire une visite de sollicitation avec Mme d'Epinoy, Blanche arriva... elle s'assit près de moi... me parla avec enjouement et tendresse... et enfin, elle m'entretint de son propre avenir, et me le fit voir sous des couleurs sombres qui touchèrent mon cœur, déjà attendri par la magie de ses caresses... Que te dirai-je ? elle avait un but, et ce but, elle l'atteignit... faible, abusée, enivrée par ce charme qu'elle exerce sur moi, j'oubliai ses torts passés, j'oubliai tes services, à toi, Christine, ma fille, ma garde, mon soutien, ma servante ! j'oubliai tout, je remis à Blanche les titres de mes biens... je te dépouillai indignement...

et maintenant, ta présence, tes regards, tes soins, m'accablent de repentir... Oh! Christine, Christine, peux-tu me pardonner? »

Je l'avoue, pendant ce récit, la fibre humaine vibrait en moi, et je sentais s'élever en mon âme une vive indignation mêlée à un sourd mécontentement contre la faiblesse de ma pauvre tante. Mais les accents émus de sa voix, l'expression humiliée de son visage me firent revenir à moi-même; je me mis à genoux auprès de son lit, je baisai ses mains, et je lui dis :

« Chère tante, vous avez disposé de ce qui était à vous, et en ce qui me concerne, croyez, croyez-le bien, je ratifie pleinement ce que vous avez fait. Je cède de bon cœur à Blanche cette part de votre héritage, et jamais elle n'entendra de ma bouche un mot qui puisse la contrister...

— Christine, répondit ma tante, grâce à vous, mes derniers moments seront calmes... votre générosité m'adoucit le lit du tombeau. Que Dieu vous rende le bien que vous me faites! Maintenant, mon enfant, ne vous affligez pas de ce que je vais vous dire : je me sens mal et désire me confesser. Mon âme attendait votre pardon pour partir en paix. Allez, chère Christine, allez, et faites chercher l'abbe H***. »

J'ai obéi... O Dieu, m'allez-vous reprendre celle pour qui j'ai vécu ?...

2 mai 1795.

Ma chère et vénérable tante est morte hier dans la soirée : elle est allée, j'en ai la confiance, rejoindre mon père au séjour de l'éternelle paix. Ses derniers jours avaient été calmes ; la prière et les actes des vertus les plus douces les avaient seuls remplis. Plusieurs fois elle a demandé ma sœur, qui ne faisait que de courtes apparitions au milieu de nous, et lorsqu'elle prononçait le nom de Blanche, elle soupirait et me regardait. Hier, après avoir reçu les sacrements, elle dit de nouveau :

« Et Blanche ?

— Elle n'est pas ici, madame, répondit la garde.

— Seigneur, dit ma tante en baisant humblement les pieds du crucifix, j'accepte cette punition. »

Un moment après, elle m'appela ; j'étais prosternée auprès d'elle ? elle posa sa main défaillante sur mon front et dit :

« Christine, puisse le Ciel, qui aime les enfants pieux, ratifier la bénédiction que je vous donne en ce moment, et vous accorder un bonheur digne de votre âme, digne de votre foi ! Vous qui fûtes vraiment ma fille, souvenez-vous de moi dans vos prières ! »

Ce furent là ses dernières paroles ; je l'entendis murmurer les noms de Jésus, de Marie, de Joseph, et son âme s'envola au ciel dans un dernier baiser qu'elle donna à son crucifix... Je n'en saurai dire davantage...

Juin 1795.

Me voilà donc seule, absolument seule sur la terre !...

Seule !... oh ! non, j'ai encore une sœur bien chère ; mais elle ne peut comprendre mon affection. Elle semble avoir devant les yeux, quand je vais la visiter, l'acte qui m'a dépossédée de la succession de ma tante. Ma présence lui paraît un reproche ; et cependant la parole de pardon et d'oubli que j'ai donnée à ma tante, oh ! je la tiens de grand cœur et sans effort.

Si Blanche pouvait lire dans mon âme, elle n'y verrait pour elle qu'une affection bien vive et une bien tendre compassion, en vue de l'existence qu'elle se fait et de l'avenir qu'elle se prépare.

L'avenir !... oh ! quel grand mot ! que de choses il renferme !...... L'avenir, non-seulement de quelques jours, de quelques années; mais l'avenir qui s'ouvre après cette courte vie, qui se prolonge dans les espaces sans fin de l'éternité !... O mon Dieu, si ma pauvre Blanche pouvait seulement réfléchir un quart d'heure sérieusement à l'avenir !...

Septembre 1795.

J'ai appris que ma sœur se mariera bientôt ; la nouvelle fortune qui lui est échue lui assure ce que l'on nomme les biens de la vie. Pour moi, un autre sort me sourit et m'appelle. Je sais que quelques pieuses femmes, échappées au flot révolutionnaire, se réunissent pour prier Dieu et servir les pauvres ; une dame de Saint-Cyr s'est jointe à elles, et elles désirent vivre en commun sous la règle de saint François de Sales. Il me semble que Dieu même me désigne ce saint asile, qui sera pour moi patrie et foyer domestique, ces pieuses compagnes qui me tiendront lieu de famille, ces occupations, où la prière et la charité prêteront leurs ailes à mon âme pour la conduire au ciel.

Février 1796.

Quoique le sol ne soit pas encore bien raffermi, on commence à respirer. De temps à autre, quelques coups de tonnerre se font entendre; il semble que ce soient, comme après une violente tempête, les derniers grondements de l'orage qui s'éloigne.

Dieu est toujours exilé de notre malheureux pays; mais son souvenir reste gravé dans bien des cœurs. Les pouvoirs éphémères qui se succèdent depuis le règne affreux de la terreur, ne sont plus persécuteurs par système; ils n'ont, hélas! ni assez de clairvoyance ni assez d'intelligence pour recourir au remède souverain, qui seul peut cicatriser les maux de la patrie.

Faisons, dans l'humble situation où Dieu nous

a placés, tout ce que nous pouvons pour fléchir son juste courroux.... Je vais souvent visiter les respectables personnes qui, sur la terre encore fumante de tant de crimes et de tant d'abominations, cherchent à poser la tente de la foi et de la charité. Ignorées de tous, ces âmes fidèles prient jour et nuit avec ferveur pour l'expiation des attentats qui ont désolé la France, et pour le rétablissement des autels du vrai Dieu.

Je passe une partie de mes journées au milieu de cette sainte société, et j'y trouve une paix et une douceur qui me rappellent mes plus belles années de Saint-Cyr. De plus en plus, je sens s'élever en mon cœur le désir de me réunir à toujours à ces âmes d'élite, qui me serviront de guides et de modèles.

Je sens aussi que je ne peux plus être utile à Blanche, qui, depuis son mariage, me reçoit avec plus de froideur que jamais. Puisqu'il m'est impossible, par ma présence, de lui rendre les services que ma tendresse de sœur voudrait lui prodiguer, je m'offrirai pour elle, par un sacrifice de tous les jours, afin que le Seigneur daigne écarter de cette tête si chère les terribles malheurs qui l'attendent.

Mai 1796.

C'st sous les auspices et sous la maternelle protection de Marie, c'est dans ce mois qui lui est consacrée, et durant lequel j'ai chaque année reçu tant de faveurs, que ma résolution est prise sans retour.

Adieu! monde trompeur et cruel, adieu! j'ai vu tes fêtes et tes plaisirs, j'ai vu tes splendeurs et ton éclat. J'ai vu tes folies et tes crimes, tes impiétés et tes horreurs!... Adieu; sans regret, je renonce à toi pour toujours!

15 août 1796.

Divers incidents imprévus ont retardé l'exécution de mon projet. Aujourd'hui, jour du triomphe de Marie, jour où ma céleste Mère entre en possession de sa gloire immortelle, j'entre aussi dans le saint asile où m'a conduite sa divine protection.

Mon cœur ne regrette rien de ce que j'abandonne. On m'a fait bien des observations, on a voulu m'inspirer bien des craintes, on m'a représenté le sort de tant de vierges consacrées au Seigneur qui ont été arrachées de la paix du cloître pour être traînées sur l'échafaud. Mais rien ne m'ébranle, rien ne peut m'émouvoir ; il me semble au contraire que le sang de tant de généreuses martyres excite mon ardeur et rend plus vif mon désir de combler les vides que leur glorieuse mort a laissés.

Mes dispositions sont prises sur la ferme de la Beauce, qui m'est revenue par héritage ; j'ai assigné une pension à Marie-Anne et à son père, ainsi qu'à la pieuse Mme Ribault ; j'ai fait quelques aumônes ; j'ai donné (gage secret de pardon) un souvenir à ma sœur, j'en ai envoyé un autre à ma bien-aimée Natalie, et le reste de cette fortune formera l'humble dot qu'apporte aux autels l'épouse de Jésus-Christ.

Seigneur, désormais et sans partage, je suis toute à vous !

VINGT ANS APRÈS

En 1816, Christine de Méran, devenue sœur Marie de l'Assomption, écrivit ses lignes au bas de son journal, qu'elle avait gardé comme un souvenir de jeunesse :

« Ma pauvre sœur Blanche vient de mourir. Elle m'a fait demander à son lit de mort, et avec la permission des supérieures, je suis allée la voir une dernière fois ; je l'ai trouvée bien malade et bien résignée, et ses traits pâles et souffrants me rappelaient ceux de ma bien-aimée tante en pareille circonstance. J'ai vu que, par la grace du Seigneur, la foi l'avait visitée sur son lit d'infirmités, et elle m'a dit, avec une humilité bien édifiante, ces paroles qui m'ont consolée et que je retiendrai toujours :

« Ma sœur, j'ai eu bien des torts envers vous et je vous en demande sincèrement pardon ; mais sachez que j'en ai été punie par un Dieu juste.

J'ai eu tous les dehors du bonheur : dans ma jeunesse, des parents, des protecteurs bons et tendres ; plus tard, un mari, homme de mérite et de vertu, des enfants qui promettent beaucoup, une assez grande fortune, de la considération, et au milieu de tant d'avantages, je suis restée malheureuse, parce que je n'aimais pas, parce que je n'aimais que moi. Egoïsme, ingratitude, éléments de malheur, et d'un malheur éternel, sans l'infinie miséricorde de Dieu... Tel fut mon sort... Vous avez pris pour lot le dévouement que les hommes ont béni et que Dieu récompensera... Plus sage et plus heureuse que moi, Christine, priez pour votre pauvre sœur. »

FIN.

— LILLE. TYP. L. LEFORT. MDCCCLXIV. —

CHEZ LE MÊME ÉDITEUR :

VOLUMES IN-18

Pratique de l'amour envers N. S. J. C.
Pratique des vertus chrétiennes.
Prix (le) de sagesse.
Prisonnier (le) de Russie.
Progrès (le) des lumières.
Qui vivra verra.
Réné.
Retour (le) en Savoie.
Rosée (la) de mai.
Route (la) du Ciel.
Sabine.
Sacrifice (le) de l'autel.
Sage (le) dans la solitude.
Saint Antoine de Padoue.
Sainte Catherine de Sienne.
Sainte Flavie Domitille.
Sainte Geneviève, patronne de Paris.
Sainte Jeanne de Valois.
Sainte Philomène.
Sainte Radegonde, reine des Francs.
Saint Martin, évêque de Tours.
Saint Stanislas Kostka.
Saint Thomas de Cantorbéry.
Saints (les) Anges.
Sélim, ou le Pacha de Salonique.
Silva, ou l'Ascendant de la vertu.
Soirées (les) du presbytère.
Souffrances et Résignation. fig.
Sourd-muet (le); nouvelle.
Souvenirs d'Angleterre
Suisse et Italie.
Suites funestes de la lecture, etc.
Suzanne.
Tableau de la naissance du protest.
Thérèse, ou la Pieuse Ouvrière.
Thomas Morus, chancelier d'Angl.
Traits remarquables.
Trésors de la grâce.
Trois Condamnés à mort.
Trois (les) Amis.
Un Ange de la terre.
Un Bienfait n'est jamais perdu.
Une Famille française chez les Iroquois.
Une Histoire contemporaine.
Une Ile de l'Océanie.
Une Pensée pour chaque jour.
Un Maître d'école.
Variétés instructives et morales.
Veillées (les) amusantes. fig.
Vengeance (la) du chrétien.
Vertus de Marie, par saint Alphonse de Liguori.
Vertus et Bienfaits des missionnaires.
Véritable (la) Sagesse.
Victorine et Eugénie.
Vie de Daniel O'Connell.
Vie de Lafeuillade.
Vie de Louis XVII.
Vie de Mgr de Cheverus.
Vie de M. de Chateaubriand.
Vie de saint Vincent de Paul.
Vie de sainte Jeanne de Chantal.
Vie de saint François de Sales.
Vie de saint François Xavier.
Vie de sainte Bathilde.
Vie du général Drouot.
Vie du maréchal de Boufflers.
Vie du P. Jean Eudes.
Vie du prince Alex. de Hohenlohe.
Vie du vénér. Grignon de Montfort.
Vie pratique de saint Louis de Gonzague.
Vierge (la) iroquoise.
Villa-Sorgia, ou les Deux Influences.
Visnelda.
Voie (la) droite.
Voyage à Hippone, au 5e siècle.
Voyage à Migné.
Voyage aux Pyrénées.
Voyage sur la mer du monde.
Wilhem, ou le Pardon des injures.

ŒUVRES DE E. S. DRIEUDE :

Format in-12.

Lorenzo.
Les Solitaires d'Isola-Doma.
Rosario.
Edmour et Arthur.
Les Epreuves de la piété filiale.
Dom Léo.

Format in-18.

Lorenzo.
Silva.
Les Solitaires d'Isola-Doma.
Rosario.
Edmour et Arthur.
Isala.
Dom Léo.

— LILLE. TYP. L. LEFORT. M D CCC L XIV —

www.ingramcontent.com/pod-product-compliance
Ingram Content Group UK Ltd.
Pitfield, Milton Keynes, MK11 3LW, UK
UKHW012224240726
13966UKWH00003B/941

9 782011 746153